Imre Török
Cagliostro räumt Schnee am Rufiji

*für Hannelore Jouly
sehr herzlich
[signature]
Okt. 91*

**Herausgeber des Bandes:
Rudolf Stirn**

Band 3

Imre Török
Cagliostro räumt Schnee am Rufiji

Geschichten

Mit einem Nachwort
des Herausgebers

ALKYON VERLAG

Die deutsche Bibliothek - CIP-Einheitsaufnahme

Török, Imre:
Cagliostro räumt Schnee am Rufiji : Geschichten / Imre Török. - Weissach i.T. : Alkyon-Verl., 1991
(Kleine Alkyon-Reihe ; Bd.3)
ISBN 3-926541-16-4
NE: GT

Kleine ALKYON Reihe
Copyright 1991
Alkyon Verlag
Gerlind Stirn
Lerchenstr. 26
7153 Weissach i.T.

Illustrationen:
KOLIBRI

Druck und Verarbeitung:
Copy-Center 2000 & Druck GmbH
Erlangen

ISBN 3-926541-16-4

INHALT

Der Schriftsteller und der Schnee	9
Traumfrequenzen	10
Hinter der großen Scheibe	12
Utete - die Liebe zum Fluß	13
Das Kleine und das Große Egal	37
Feuertanz	38
WandLungen	40
Luzius	47
LenauProjektionen	53
Dornrösia	69
Die Fahrt	74
Schaumburger und Schaumschläger	80
War Schubart nie in Tatabánya?	87
Himmel und Erde	124
Nachwort	131
Über den Autor	137

Für Julian

Jedesmal, wenn du ein Buch fortgelegt hast und beginnst, den Faden eigener Gedanken zu spinnen, hat das Buch seinen beabsichtigten Zweck erreicht.

Janusz Korczak

Der Schriftsteller und der Schnee

Er lebte in der Gegend, die als sauberes und ordentliches Land auch galt, und große Dichter hervorgebracht hatte. Sich selbst nannte er gelegentlich SchriftEntsteller.
Lebte, schaute in den Schnee, der seit vielen Stunden fiel, Gärten, Straßen, Dächer dick bedeckte.
Irgendwann verließ er den Schreibtisch und begann mit dem Schneekehrer die Gehwege ums Mietshaus freizuschaufeln. Der Schnee lag hoch, und es tat gut, weiß auf weiß zu türmen.
Hinter der Gardine sah es die Nachbarin. Ha, schau doch, sprach sie zu ihrem Mann, der Dichter räumt den Schnee. Dabei ist er gar nicht dran.
Der hat doch Zeit, brummte der Mann, er schafft den lieben langen Tag nichts, dafür brennt nachts sein Licht. Bis in den Morgen. Den müßt man ranzieh'n für alle, daß er die Kehrwoche macht, die Mülltonnen rausstellt hier in der Gegend. Der könnt' es verkraften.
Schnee fiel weiter, schon lag er wieder dünn auf gerade befreiten Wegen. Der Schriftsteller ging zurück ins Haus, saß lange vor dem weißen, sehr weißen Papier - begann zu schreiben.

Traumfrequenzen

Einst träumte die Singularität, träumte ganz wundersam. Es war der erste Traum, den sie je hatte und dieser begann mit dem Urknall. Also schon einmal ganz amüsant.
Weiter träumte die Singularität, daß sie plötzlich gar nicht mehr existent war, stattdessen entwuchsen ihr Raum, Zeit, Energie, Materie, Naturgesetz.
Und schon langte der Zweite Hauptsatz der Thermodynamik kraftvoll zu, sorgte für ausgleichendes Chaos überall im All. Das alles träumte sich wundervoll, und es ging noch wunderbar lustiger weiter.
Jetzt kamen Bilder auf von entstehenden Spiralen, von unendlich fernen, vielen Galaxien, Sonnen, Planeten, Monden. Es flogen Traumfrequenzen umher von Teilchen und/oder Wellen, von Dehnungen auch, von vielerlei Dimension. Aus diesem Chaos sich bildender Strukturen taucht wie Inseln der Seligen, inmitten flimmernder Traumflucht, taucht ein kleiner Planet.
Menschen darauf, rundherum, winzige Igelstacheln, blicken der Singularität ins träumende Auge. Und sie lachen, bös. Rasseln mit orientalischen Säbeln, böllern mit okzidentalischen Raketen. Kleine Menschen bringen sich gegenseitig wollüstig um die Ecke des runden Planeten, scharenweis und in jeder Sekunde. Mit

erdenklichen und unvordenklichen Mitteln. In ihrem kalten Schweiß erwachte da die Singularität. Hinfällig wurde sogleich jedes denkbare Universum. Auch nicht ein Knall wird je stattfinden. Alles nur Traum und Alp. Alles schon vorbei.

Hinter der großen Scheibe

Auf der anderen Seite der großen Scheibe, wo der Märzwind pfeift, gibt es auch eine Welt.
Fast gleichmäßig verteilt an der riesigen Fensterfront kleben Silbertropfen. Und der ferne Berg ist nebelumhüllt.
Hier im Warmen füllt sich das Herz und läuft, läuft über, läuft aufs Papier.
Wenn ab und an -
Wenn zwischen Wolken Sonne -
Wenn ab und an zwischen Wolken Sonne hervorbricht und scheint, scheint sie dies- und jenseits der Scheibe. Dies- und jenseits schmutzgesättigter Himmelswogen. Über schwärzlichgrauen WolkenZügen scheint sie, dort wo ein RaumSchiff fliegt.
Astronauten schauen durchs gehärtete Glas auf den Urwald am großen Strom. Der Urwald brennt. Rauch und Flammenmeer.
Wolken oben, Wolken unten. Draußen.
Dort draußen zerzauster Märzwind, heult. Der Berg sinkt. Nebel. Die Siedlung am Hang rutscht, fließt langsam die Scheibe hinab.

Utete – die Liebe zum Fluß

Der Rufiji fließt breit und träge durch flaches Land zum Indischen Ozean. Im Schatten einer Lehmhütte hocken einige schwarze Frauen. Auch mich zieht es vor der tropischen Sonne dorthin. Aus meiner kleinen Reisetasche ziehe ich die Landkarte von Ostafrika hervor. Utete, ein Örtchen am Rufiji, ist darauf unterstrichen. Es liegt jenseits des Flusses, wir warten auf die Fähre.
Die Frauen in Kangas gehüllt, barfüßig, eine junge Mutter gibt ihrem Säugling die Brust. Mein Mund ist ausgetrocknet. Wasser zu trinken wäre zu gefährlich. Es ist mir auch lieber, hier im Staub zu sitzen, Durst zu spüren, zu beobachten. Viel Gepäck, Komfort lenken nur ab, behindern. Schweiß tropft von den Augenbrauen.
Eine junge Schwarze neben mir, sie trägt ein buntes Kleid und rote Schuhe mit flachem Absatz, spricht mich auf Englisch an. Nach Utete? Ob ich Bekannte dort habe? Wenn nicht, was um alles in der Welt zieht mich dorthin? Sie sei Lehrerin in Dar Es Salaam und besuche hier eine Freundin. Aber zu sehen gebe es nicht viel, nichts Interessantes.
Die Antwort bleibe ich ihr schuldig. Nicht einmal mir selbst kann ich erklären, warum ich gerade hierher gekommen bin. Nach mehreren Wochen in Afrika ist es wieder ein Ziel ohne Bestimmung. Es gibt noch keinen Grund, keine Erklärung. Vielleicht der Fluß. Dieses graugrü-

ne Wasser zwischen ausgedehnten, hellen Sandufern. Er floß irgendwo hier entlang, als vor Millionen von Jahren jene Urmenschen in Ostafrika auf die Jagd nach Beutetieren gingen. In Dar Es Salaam sind die Knochenfunde im Museum ausgestellt. Er floß hier entlang, als arabische und europäische Sklavenjäger das Gebiet nach Beute durchkämmten. Er floß hier entlang, als Stanley seine Forschungsreise ins Innere des Schwarzen Kontinents antrat.

Flüsse ziehen mich magisch an, als ob irgendwo noch immer ein Fährmann Siddharta am Ufer säße, sehend, Welle für Welle, Strudel für Strudel. Manchmal ein Plantschen, das der warme Wind fortträgt.

Die Fähre kämpft sich durch die Strömung an unser Ufer. Sie wird gezogen und geschoben, gestoßen und bugsiert von einem maschinengetriebenen, unförmigen Schwimmgefährt, das ich der Einfachheit halber als Schleppkahn bezeichne.

Nach einer halben Stunde geht es dann Richtung Utete. Das Rostmonster zieht und drückt und läßt uns in der Strömung gleiten. Sehr geschickt. Ich schaue auf das lehmfarbene Wasser. Was erwartet mich am anderen Ufer?

Noch auf der Fähre erkundige ich mich nach einer Übernachtungsmöglichkeit. Ein gutgelaunter, korpulenter Mann, nach Auskunft der Lehrerin der Ortsvorsteher, bringt mich dann im Landrover in den Ort. Ich sitze zwischen

ihm und seinem Fahrer, wir kurven den Sandweg hinauf. Auf dem Hügel lassen sie mich am Rande des Dorfes bei der "Polizeimission" aussteigen. Die Häuschen, der Ortsvorsteher zeigt auf vier Holzbaracken, seien eigentlich für durchreisende Regierungsbeamte da, aber auch für Gäste. Die beiden Frauen, die sich jetzt neugierig vor dem Hauptgebäude sehen lassen, würden für mich sorgen. Er verabschiedet sich freundlich lächelnd.
Nun bin ich da.
Auf Lastwagen und in Lastwagen, in Bussen und auf Busdächern zwischen Säcken und Körben bin ich hierhergefahren. Ohne einen Grund. Eine der Frauen bezieht das Bett, sie gibt sich sichtlich Mühe. Mein Gästehaus ist viereckig, etwa sechs mal sechs Meter groß, mit zwei Betten und einem Tisch. Rundherum glaslose Fenster, mit Moskitonetzen bespannt, die hier und da Risse aufweisen. Aber über meinem Bett hängt ja auch ein Moskitonetz.
Die liebenswürdige kleine Frau fragt etwas, merkt dann aber, daß ich kein Suaheli verstehe. Wir verständigen uns trotzdem. Sie zeigt mir das Duschhäuschen. Die Dusche funtioniert zwar nicht, aber sie bringt mir einen Eimer voll Wasser. Beim Ausziehen merke ich, daß die Hose hinten zerrissen ist. Der Sprung von einem Lastwagen? Eine kaputte Sitzlehne, als ich stundenlang eingequetscht zwischen einheimischen Reisenden im überfüllten Bus stand?

Der Dreck an der Kleidung nach nur einem Tag unterwegs schreit nach Waschmaschine. Morgen hole ich mir den Eimer.

Man könnte auch eine Safari-Tour buchen. Zum weltberühmten Ngorongoro-Krater oder zum schneebedeckten Kilimandscharo. In die Serengeti. In sauberen Landrovern reisen und in erstklassigen Hotels übernachten. Auch eine Kostenfrage. Und nichts gegen wunderschöne, faszinierende Sehenswürdigkeiten in wohlbehüteter Atmosphäre.

Ich suche anderes, will das sehen, was scheinbar nicht sehenswürdig ist. Unbedeutend. Einer Reise nicht wert. Was ist das, Wert?

Nach der Erfrischung, noch erschöpft, durchstreife ich lang die ausgedehnte Ortschaft, komme am Distrikt-Hospital vorbei. Ein Mann wird im Freien behandelt, seine Fußwunde gesäubert. Ich verirre mich wieder. Für europäische Begriffe ist Utete ein großes Dorf mit stets gleichen Häusern, aber hauptsächlich runden Lehmhütten entlang den sehr breiten, sandigen Wegen. Irgendwo ein kleiner Markt, auf den Holzständen ein wenig Obst, Knollen, getrocknete Fische. Ein Zigarettenverkäufer, der aus drei verschiedenen Schachteln die Rauchwaren stückweise anbietet. Drei Marken zur Auswahl, das findet man nicht in jeder Gegend. Bei meinem Reichtum könnte ich ihm zwar auch seine drei Schachteln abkaufen, aber das wäre vielleicht hochnäsig. Fünf Stück von

der besten Sorte reichen fürs erste. Hier müßte ich mehr als eine Stunde dafür arbeiten. Was ist das, Wert?
Auf Anhieb liebe ich dieses Nest, wandle umher, trinke Tee in einem der winzigen, dunklen Gasthäuser. Das einzige Getränk, das man hier wohl bekommt. Meine Zunge brennt. Aber in der Hitze wartet man nicht, bis der frischgebrühte Tee etwas abgekühlt ist. Vor einem dieser niedrigen, engen Gasthäuser spielen zwei Jungen ein Spiel, das mir sehr kompliziert erscheint. In ein längliches, armdickes Brett sind verschiedenförmige Mulden gehobelt, in denen viele runde Kieselsteine liegen. Mit großer Schnelligkeit verteilt einer der Spieler die Steinchen neu. Mal ist eine Mulde ganz voll, dann wieder befinden sich darin nur ein, zwei Steinchen. Sie verstehen sich auf das Spiel, das mir vollkommen sinnlos vorkommt.
Ich gehe weiter. Wundere mich. Überall werde ich begrüßt. Unterschiedlich. Aus den Gruppierungen von jungen Männern erschallen übermütige Rufe. Einzelne fragen mich auf Englisch. Kinder lachen wiehernd, wälzen sich auf dem Boden, andere grinsen nur. Oder rufen "Good morning" und laufen kichernd hinter eine runde, mit Palmwedeln bedeckte Hütte. Winken, spielen vergnügt, manchmal erstaunt weiter. Nur ein ganz kleiner Junge, der noch kaum laufen kann, guckt mich mit großen Augen an und bricht in Weinen aus.

Bin ich also hier der "böse, schwarze Mann?" Die etwas ältere Schwester grinst. Ihre weißen Zähne blinken. Sie zieht den Kleinen an sich, tröstet ihn.

Erwachsene Männer grüßen, oft mit einem Lächeln, sehr höflich. Fragen manchmal nach Woher und Wohin. Greise schauen mich nur an, fast teilnahmslos. Frauen sehen eher befremdet zu mir herüber. Drückt ihr Gesicht Zurückhaltung oder einfach Desinteresse aus? Wenn ich nicke, sehen sie durch mich hindurch. Manche allerdings stecken die Köpfe zusammen und kichern. Geschubse, Rufe, lautes Lachen.

Vor einer Kneipe, an der "Bar" steht und in der es sogar Whisky geben soll, verkauft eine gutgewachsene, junge Frau gebratene Hühnchenstücke. Sie hat ein Kangatuch um ihren Leib gewickelt, in der Art von Frauen in Filmen, wenn sie unter der Dusche hervorkommen. Sie geht barfüßig, wie fast alle hier. Ihr Gang ist keck, sie ist frech zu den Burschen. Ein junger Mann, der neben mir auf den Holzstufen zu dieser "Bar" sitzt, grinst mich an: "She needs you". Schallendes Gelächter von allen Seiten.

Das mit dem Whisky und wohl auch mehr werde ich morgen genauer erkunden. Als einziger Weißer fühle ich mich kaum unsicher. Denke noch immer nach, warum ich gerade in Utete bin. Der Weg ist das Ziel. Alles wird

sich zeigen. Nein, ich bilde mir nichts darauf ein, ein wenig "Mittelpunkt" zu sein. Es ist so, also ist es so.
Etwas später in einer Teestube. Die Seiten in meinem Notizheft füllen sich. Es macht mir Freude, an einem klebrigen, kleinen Tisch zu sitzen, in einer etwas düsteren Hütte aus Rohrgeflecht und dazwischengestopftem Lehm. Fliegen saufen meinen Tee um die Wette. Ich schreibe von der Liebe zu diesem Ort, an diesem Fluß. Von einem vollkommen sinn- und zweckfreien Gefühl. Ein grauhaariger Afrikaner, der mit den Fingern den Reis aus der Plastikschüssel in den Mund stopft, fragt mich, was ich schreibe. Ich lache, lache oft hier. Ich sei "book-writer", schriebe über Utete. Er nickt bedächtig, stopft den Reis in die Backen. Besteck habe ich mir auch abgewöhnt. Find's schön, die Speisen vorher zu berühren. Stelle mir vor, zu Hause in einem Restaurant würde ich so essen. Zu Hause, wo ist das?
Dort auf der Stufe vor der "Bar", wo ich vorhin saß?
Meine Schuhe versinken halb im Staub. Wir plaudern und lachen, als gäbe es keine Schranken und Grenzen. Als gäbe es nicht dieses Schwarz und Weiß. Ich bin nicht hier, um etwas zu beurteilen, geschweige denn zu verurteilen. Bin einfach nur hier, sehe, beobachte, notiere. Wieder taucht der Mann auf dem Fahrrad auf. Er war bisher der einzige, der mich ohne ein

Lächeln angesprochen hat. Auch ihm habe ich geantwortet, daß ich "book-writer" sei. Jemand hat bei meinen ersten Erklärungsversuchen in Utete diesen Ausdruck gebraucht, seitdem plappere ich ihn nach. Der Radfahrer trägt Hosen mit Bügelfalten. Aus einem feinen grauen Stoff. Sogar in der Stadt eine Seltenheit. Modischer Schnitt. Ich versuche meine Vorurteile beiseitezuschieben. Aber er ist mir unsympathisch. Weiß nicht, warum. Die Art seiner Fragen vielleicht? Er bedrängt mich, den Whisky in der "Bar" zu probieren. Ich lehne erst höflich, dann bestimmt ab. Morgen vielleicht?
Die Dämmerung bricht ein. Ich suche in meinem sehr großen Dorf den Weg zum Gästehaus. Werde hier und da freundlich angesprochen. Kann die Gesichter nicht wiedererkennen. Alle Ausdrücke und Gesichtszüge verschwimmen in meiner Erinnerung zu einer schwarzen Einheit. Nicht nur die Dämmerung ist schuld. Es sind die Sehgewohnheiten. Schwarz ist schwarz. Ich werde noch lernen, daß schwarz so wenig schwarz ist wie weiß weiß.
Meine Wirtin huscht zwischen Hütten hervor. An ihrer Stimme erkenne ich sie. Sie sagt etwas von Mango, will mir wohl noch Früchte besorgen. Zeigt mir die Richtung nach Hause.
Und ich beschließe, einige Tage hier zu verbringen. Liebe Utete bereits sehr. Im großen Haus wartet dampfendes Essen auf mich.

Portionen, die für drei Menschen reichen würden. Hühchenstücke auf einem Reisberg, dazu eine zweite Schüssel voll Kartoffeln und eine Flasche abgekochtes, kühles Wasser. Stopfe in mich, was das Zeug hält. Zu viel übrigzulassen könnte unhöflich erscheinen. Bei bestem Willen schaffe ich nur die Hälfte. Die beiden Frauen von der "Polizeimission" stehen um mich herum, schwatzen, lächeln. Was sie wohl von mir denken? Ein Kätzchen mauzt kläglich, klettert auf den Tisch, versucht von meinen Tellern zu naschen. Weiter flußaufwärts, wo es keine Dörfer mehr gibt, gehen die Löwen wohl schon auf die Jagd. Wie sicher ich mich hier unter Menschen fühle. Von ihrem sanften Geplauder verstehe ich kein Wort. Ihre dunklen Gesichter wirken im Kerzenschein noch fremdartiger. Aber sie lachen, eine der Frauen geht von der Veranda hinunter in die Dunkelheit. Die andere wirft das junge Kätzchen zum dritten Mal vom Tisch.
Ich bin satt, viel zu voll, bin wunschlos, aber würde am liebsten meine Wirtin umarmen. Ob sie das verstünde?
Mit Augen und Händen erkläre ich, wie satt und zufrieden ich sei, und begebe mich dann zu meinem Holzhaus. Wenige Schritte vom Hauptgebäude entfernt steht der Radfahrer, redet mit jener Frau, die sich zuerst entfernt hat. Sie hat ihn bestimmt kommen sehen, während ich um mich nur Dunkelheit empfun-

den habe. Was will er, will er etwas?
Ängste. Die Bestien jagen doch weiter flußaufwärts. Ich muß lachen. Anfangs dachte ich tatsächlich, hinter jedem Busch in diesem Land werde ein Nashorn hervorstürmen, von jedem Baum ein Leopard herunterfauchen. Ich sitze in meinem Häuschen, notiere Eindrücke in mein Tagebuch, im Schein einer Petroleumlampe. Der Himmel funkelt, als sprühten dort Wunderkerzen. Fünkchen vor schwarzem Samt. Genüßlich rauche ich die letzte Zigarette. Eidechsen rascheln an der Holzwand. Ein ungeheures Gezirpe von allen Seiten. Moskitos summen in mein Ohr, sie haben Blut geleckt. Am Arm jucken geschwollene Stiche. Die Tabletten werden hoffentlich wirken.
So schreibe ich wieder seitenlang, meine Seele will aufs Papier fließen. Sie kommt mir schwarz vor, voll strahlender Pünktchen. Wie der Himmel über dem Rufiji. Und ich ahne noch nicht, daß ich jene vollgeschriebenen Blätter nicht mehr werde durchlesen können. Denke noch nicht daran, daß Zeilen für die Ewigkeit in einem anderen Buch geschrieben stehen. In einer anderen Sprache.
Nach Stunden kündigt sich der tropische Regen an, Tropfen klatschen gegen das Holz, erst weich, dann laut anklopfend. Schließlich ist es wie ein Trommelwirbel. Ich verkrieche mich unter das Moskitonetz, horche noch lange in die unheimliche Nacht hinaus. Dann entführt

mich der Schlaf.
Ich sehe den schlammigen Rufiji wieder. Seine Quellen im üppigen Urwald, seine Mündung im großen Ozean. Ich empfinde weder Anfang noch Ende, er fließt durch mich hindurch, fließt dahin. Fließt an Utete vorbei an einem schwülen Adventnachmittag. Krokodile und behäbige Nilpferde bevölkern seine sonnigen Ufer. Werden mir die Tiere wirklich begegnen? Und werde ich den Fluß sehen, diesen gleichen? Er wird nicht mehr der gleiche sein, er ist schon ein anderer und doch immer derselbe. Diese Nacht über dem Wasser. Das Gequake und Gequieke, das Geschmatze und Gesabbere. Durch Sümpfe schlängeln sich die Urwaldarme, zwischen Gestrüpp, zerfetzten Blättern der Bananenstauden und anderen saftiggrünen Pflanzen.
Im schwarzen Wasser spiegeln sich Sterne, doch das Sternbild des Orion, des Jägers, suche ich vergebens. Als "Himmelskuh" taucht Orion in den Büchern Jürgen Lodemanns auf, als Sternzeichen für die einfachen Leute. Wo mag sie weiden? Wo der ferne Freund jetzt schreiben? Wer klopft da? Wohl nur der kräftige tropische Regen, den ich im Schlaf höre, wie er unerbittlich auf das Wellblechdach meines Holzhäuschens niederprasselt. Im Traum-Rufiji aber leuchten die Lichter der Milchstraßen weiter. Nur die Himmelskuh bleibt unauffindbar.

* * *

Morgens weckt mich Frischegeruch, den die Erde nach dem langen Regen ausströmt, und darüber ein wolkenloses Blau. Mir fällt, als ich aus dem Fenster schaue, der Frühling auf in diesem immergrünen Meer.
Büsche, die ich seit Wochen für vertrocknet, abgestorben hielt inmitten des wogenden Grüns, tragen jetzt kleine, zarte Blättchen, wie bei uns nach langem Winter. Wohltuend anzusehen. Ist es nicht über Nacht gekommen? Mir fällt's an diesem Morgen zum ersten Mal auf. Drüben ein weißblühendes Bäumchen, Mitte Dezember. Sehgewohnheiten. Wie im Rausch schaue ich zum Fluß hinunter, der etwa einen Kilometer unterhalb des Dorfes fließt. Rufiji, ich werde dir all deine Geheimnisse entlocken, bin voll Entdecker- und Tatendrang. Wieder eine Welt gilt's zu erobern. Und am Abend gehe ich dann to the next whisky-bar, oh don't ask why, don't ask why.
Nichts von alledem wird sein, die Nacht hat eine andere Entscheidung gefällt. Unter der Dusche, die funktioniert, lasse ich lange und genüßlich den Schweiß des Schlafs von meiner Haut spülen. Als ich fertig bin, ruft meine Betreuerin "Tschaj", ihre Stimme klingt gar nicht mehr scheu, eher einladend. Dieses Wort in seinen diversen Schreibweisen von Afrika über die Türkei bis in die Sowjetunion und

nach Indien bedeutet überall das gleiche, nämlich Tee. Die junge schwarze Frau, die mir bei Morgenlicht und wohl weil ich ausgeschlafen bin, erst so richtig auffällt und gefällt, zeigt freudestrahlend, daß sie mir ein Omelett als Frühstück zubereitet hat. Das Kätzchen ist auch da, klettert auf den Tisch und miaut kläglich. Die beiden Frauen schauen erwartungsvoll zu, lachen, als ich mit Gebärden zum Ausdruck bringe, wie sehr mir das Ei schmeckt. Zwar ohne Salz, auch ohne Brot, aber sind solche Kleinigkeiten wichtig?
Zwei Männer tauchen auf. Kommen langsam, kommen aus der Richtung, wo einige hundert Meter von hier das einzige zweistökkige Gebäude Utetes steht. Ich sah's gestern abend, schmutziggrau, etwas heruntergekommen, Distriktverwaltung und Polizei sind dort untergebracht. Sie grüßen sehr höflich, mir fällt nichts Besonderes an beiden auf, sie setzen sich mir gegenüber. Der Polizeichef wünsche mich zu sprechen. Dann lehnen sie sich zurück, schauen geduldig zu, wie ich meinen Tee schlürfe. Der eine fragt. Sie freuen sich, als sie hören, daß mich ihr Land sehr beindruckt, daß ich hoffe, es werde sich zügig weiterentwickeln. Ich bin fertig, wir gehen. Ich solle doch bitte alle meine Dokumente mitnehmen, es könnte mir von Nutzen sein. Ich staune, in den Wochen vorher hat man mich unterwegs noch nie nach Papieren gefragt. Wir trotten

langsam, wortlos zu dem großen Haus.
Es hat wirklich diese verwaschene graue Farbe, drinnen eng, feucht, stickig. Die Wände des kleinen, kargen Büroraums waren mal weiß, Regale mit Papieren voll, auch der alte Schreibtisch, hinter dem der Polizeichef sitzt. Er bittet mich, auf dem anderen, wackligen Stuhl Platz zu nehmen. Die beiden, die mich geholt haben, stehen neben mir, für mehr Stühle wäre auch kein Platz. Niemand trägt irgendeine Uniform, das wirkt zunächst beruhigend.
Ich erkundige mich artig nach den Gründen, weswegen man mich kommen ließ. Der Polizeichef antwortet nicht direkt. Ein kleines Verhör beginnt. Mein Gegenüber notiert meine Angaben fahrig mit dem Kugelschreiber auf ein Blatt Papier. Er fragt mich nicht nach dem Namen, Geburtsdatum oder ähnlichen Personalien. Wann ich in Tansania angekommen sei? Wann in Utete? Warum? Wie? Mit welchem Reisebüro?
Ich nenne die Daten und erzähle, daß ich auf eigene Faust diese "Safari" hierher unternommen habe. Safari bedeutet einfach Reise, ein Afrikaner denkt bei dem Wort zunächst nicht an Großwildabenteuer. Mit dem Bus von Dar nach Arusha zum Beispiel, das ist eine Safari.
Was ich in Utete suche? Ich möchte mich nur umschauen, es gefällt mir hier. Was ich tue? Ich schreibe. You are a book-writer? Das habe

ich ihm nicht gesagt, das muß er schon gehört haben. Worüber ich schriebe? Land, Leute, Geschichte, Geschichten interessieren mich.
Er notiert. Auf dem eingerissenen Blatt steht noch immer nicht mein Name oder meine Herkunft. Vielleicht hat er sich die Angaben aus dem Gästehaus schon besorgen lassen.
Er schaut mich lange an. Haben Sie eine Erlaubnis von der Regierung, sich in Utete aufzuhalten und zu schreiben? Besitzen Sie ein Dokument darüber? So etwas kann ich nicht vorweisen.
Er wird energisch. Was stellen Sie sich vor, einfach hier umherzuwandern und zu schreiben? Ich schlucke. Ich weiß es nicht. Wenn Sie keine Erlaubnis vorzeigen können, müssen Sie ins Gefängnis.
Es wird mir ungemütlich auf meinem Stuhl, fühle mich verloren, plötzlich sehr weit weg, sehr allein. Um mich drei Polizisten, die gar nicht den Eindruck von Ordnungshütern machen. Die Uniform fehlt. Ein vierter steckt neugierig seinen Kopf durch die Tür.
Ich spüre ein leichtes Unwohlsein, obschon ich die Atmosphäre nicht als gespannt bezeichnen würde. Niemand herrscht mich an, auch die weiteren Fragen werden nicht grob gestellt. Ich empfinde eher eine gewisse Ratlosigkeit bei uns allen. Mir kommen Bilder von zu Hause in den Sinn, da können Bullen ganz anders auftreten. Zu Hause, wo ist das?

Ich fingere meinen Schriftstellerausweis mit Lichtbild hervor. Er wendet ihn hin und her. Das weist sie als Autor aus, aber ich benötige ein Dokument, das Ihnen gestattet, über unser Land zu schreiben. Wir werden Ihr Gepäck untersuchen.
Die beiden Polizisten begleiten mich zu den Gästehäusern zurück. Ich räume meinen Tisch leer, hänge mein Täschchen um. Haben Sie nichts vergessen? Fragt er fürsorglich, oder meint er, daß ich nicht mehr hierher zurückkommen werde?
In wenigen Minuten sitze ich wieder im Büro. Soll ich fragen, ob ich telefonieren darf? Oder wird das eher Mißtrauen wecken? Führt überhaupt eine Telefonleitung zu diesem Ort? Im Büro steht kein Apparat.
Die Durchsuchung beginnt. Fast vorsichtig nehmen sie die Sachen aus der Tasche, legen sie auf den Tisch. Eine Turnhose, ein Baumwolljäckchen mit vielen zugeknöpften Täschchen. Man schaut in sie hinein und knöpft sie wieder ordentlich zu. Die Filmkamera. Haben Sie Bilder gemacht? Nur unterwegs, die Landschaft. Sie wird beiseitegelegt. Waschzeug und andere Kleinigkeiten kommen zum Vorschein. Sie reisen mit so wenig Gepäck? Meinen Rucksack habe ich in Dar Es Salaam bei einem Cousin gelassen. Können Sie das beweisen? Ich zeige ihm die Visitenkarte. Swedish Embassy, Name, Adresse. Er reicht mir das Kärtchen

ohne weitere Fragen zurück. Glaubt er mir? Das Notizbuch, vollgeschriebene Papiere werden aus der Reisetasche gezogen. Brustbeutel, Geld, Malariatabletten werden gar nicht beachtet, Hose und Hemd auch nicht abgeklopft. Man packt sorgfältig alles wieder ein. Nur die Aufschriebe liegen noch auf dem mit Papieren übersäten Tisch.
Der Chef starrt auf die eng beschriebenen Blätter. Haben Sie das alles hier geschrieben? Den größten Teil, gestern nachmittag und später am Abend. Haben Sie irgendein anderes Dokument bei sich? Reisepaß?
Jetzt wird mir schwindlig, jetzt wird es gleich einen Donnerschlag geben. Ich stottere. Für die paar Tage habe ich meinen Paß sicherheitshalber in Dar gelassen. Verblüffung. Sie schütteln ungläubig die Köpfe. Ich kann ihnen ja wohl schwer erklären, daß ich Pässe sowieso hasse, daß ich noch nie begriffen habe, wieso ein Fetzen Papier meine Identität bezeugen soll, wenn ich doch selber dastehe? Die halten mich bestimmt für einen naiven Idioten. Mitten in Afrika ohne Paß. Man stelle sich nur vor, mitten in Europa ohne Papiere. Als Schwarzer. Mir fällt mein Visum ein, steckt zusammengerollt im Gürtel. Hole es hervor, er schaut sich's an, gibt es mir wieder. Es folgt kein Donnerwetter, keine Belehrung, es gibt keine neuen Fragen. Der Polizeichef schaut an mir vorbei zu der Fensterluke. Nachdenklich?

Verärgert? Grübelnd?
Ich brauche von Ihnen nur ein Dokument, das Ihnen gestattet, herumzufahren und zu schreiben. Sonst nichts. Wenn Sie es nicht haben, werde ich Sie morgen in Polizeigewahrsam nach Dar bringen lassen, damit alles geklärt wird.
Er hält meine Aufschriebe in den Händen. Sie schreiben Deutsch? Warum? Es ist die Sprache, die ich am besten beherrsche. Ich bin aber gerne bereit, Ihnen alles zu übersetzen, so gut ich's kann.
Er lacht gequält. Er brauche die Erlaubnis, sonst nichts.
Es geht auf Mittag zu. Ich fühle mich leer. Würde ihm gern etwas über den Rufiji vorlesen. Allen Polizisten, allen Bürokraten der Welt würde ich gern von dem Fluß erzählen. Am liebsten den dümmsten, den brutalsten, zu denen ich diesen aus Utete gar nicht zähle. Er macht auf mich eher den Eindruck, als ob er sich am Kopf kratzen möchte.
Ich empfinde kaum noch Angst, keine Wut, nur eine müde Traurigkeit steigt in mir hoch, läßt schwere heißfeuchte Wolken, wie aus dem Regenwald in den Bergen, an meinen Augen, an der Stirn vorbeiziehen.
Er kennt doch mein Woher, auch wenn er mich wohl nicht begreift. Er wüßte aber lieber mein Wohin. Die Zwecke und die Ziele. Und ob die auch erlaubt sind. Ich kann ihm dabei

nicht helfen. Identität, Zwecke, Ziele, haben die tatsächlich eine Bedeutung? Vielleicht - denke ich ganz fern - tue ich ihm leid. Wie er mir leid tut. Ein Leid, das wir beide nur schemenhaft erfassen. Ratlos dreht und wendet er die beschriebenen weißen Blätter zwischen seinen dunklen Fingern. Spricht zu seinen Leuten auf Suaheli. Dann, energischer werdend, verkündet er das Urteil. Auf Englisch.
Sie verlassen Utete. Sofort. Wenn Sie in einer halben Stunde noch in der Nähe sind, werden Sie eingesperrt. Wie sie wegkommen, wohin Sie gehen, ist uns egal. Ihre Notizen muß ich behalten.
Die Wolken, dieser wirbelnde, über die Eukalyptuswälder hinwegquellende Dampf, diese Wolken ziehen dunkel, bedrohlich durch meine Gedankenwelt. Wie von weitem höre ich meine Stimme. Das dürfe er mir doch nicht wegnehmen, das sei mein Tagebuch, sei doch ich ...
Die Stimme zittert. Er schaut an mir vorbei. Besorgen Sie sich im Innenministerium das Dokument. Dann sind Sie herzlich willkommen und bekommen auch die Aufschriebe wieder.
Erschöpft erhebe ich mich, nehme die Tasche um die Schulter. Mein Mund zieht sich immer mehr zusammen, die Hand strecke ich über den Schreibtisch hinweg. Vielleicht nicht weit genug vor, oder der Glanz meiner Augen irritiert, jedenfalls scheint er ganz woanders hinzusehen.

Der Polizist, der mir noch am Morgen beim Teetrinken zugeschaut hat, geleitet mich hinaus, geradewegs auf die breite, sandige Straße und langsam durch den Ort. Ein Hilfspolizist, auf dessen T-Shirt "Jeff" steht, geht einige Schritte vor uns. Bei einem Jungen kaufe ich zehn Zigaretten, meine Hand zittert. Bevor ich mir eine anzünde, wische ich mit dem Handrücken das Gesicht ab, den Geschmack von den Lippen. Ein salziger Fluß hat den Mund erreicht, die Zigarette wird schnell pappig, löst sich auf. Mir zittert vor Schwäche der Bauch. Mein Aufpasser tröstet mich, seine Stimme klingt mild. Sie werden wiederkommen, übermorgen schon. Es wird alles gut werden.
Verschwommen sehe ich die Hütten, verstreut um den breiten, schon wohlbekannten staubigen Weg. Sehe die Kinder, die Menschen.
Wahrscheinlich ist alles noch wie gestern, genau wie vor Jahren. Sie sind hier zu Hause.
Werde ich wiederkommen?
Mindestens eine Tagesfahrt in die Haupstadt. Wie viele Tage auf dem Ministerium? Falls sie überhaupt begreifen, worum es mir geht. Dann wieder zurück?
Zeit - was ist das?
Salz fließt. Es ist, als begleiteten wir einen Sarg. Umschlossen von schwarzem Holz dieser tropische Frühling, nur eine blasse Leiche.
Wert, Bedeutung - was ist das?
Sehen Sie, sagt mein Begleiter, dort steht un-

ser Distrikt-Hospital. Und da ist eine kleine Polizeistation. Vollkommen unbedeutend. Nicht wie das große, steinerne Gebäude.
Zu Hause - wo ist das?
Wir kommen am Rande von Utete an. Unsicher, sehr höflich verabschiedet mein Polizist mich, wünscht gute Fahrt. Gott beschütze Sie.
Vor mir der Weg, rötliche Erde, in vielen Windungen zwischen Büschen und Gestrüpp hinunter zum Fluß. Vor mir Jeff.
Ich trotte weiter, die Augen voll Salz.
Jeff bleibt stehen, fragt, ob er meine Tasche tragen dürfe. Er weiß nicht, wo er hinschauen soll. Ein erwachsener Mann, ein Weißer, der weint. Ich schaue auf den Fluß, auf seine weiten, ausufernden Krümmungen. Sehe auch Seitenarme, stilles Wasser, auf dem leuchtend blaue Wasserlilien schwimmen. Weiter weg ein Teppich aus salatgrünen Blättern.
Wir gelangen ans Ufer. Der Regen der Nacht hat den Rufiji fetter, grauer gemacht. Geäst, Grasbüschel treiben im Fahrwasser.
In einem winzigen Verschlag bei der Anlegestelle warten wir auf die Ankunft der Fähre. Es gibt frisch aufgebrühten Tee. Auch im Schatten höllisch heiß. Jeff redet mit einigen Jugendlichen, sie hören ihm gespannt zu. Ich verteile meine Zigaretten und zünde mir die letzte an. Wische das Gesicht ab, 's ist nur noch Schweiß, die Augen brennen trocken.
Dann ziehe ich ein leeres Blatt hervor und

lange nach meinem Kugelschreiber. Jeff starrt mich entgeistert an, den drei anderen erfriert das Lächeln auf dem Gesicht. Sie sind bestürzt, als stünde ein wutschnaubendes Rhinozeros gerad hinter meinem Rücken. Niemand sagt ein Wort. Ich schreibe. Nur wenige Worte. Auf Englisch.
Ich bitte Jeff, daß er das Blatt seinem Chef bringt. Er faltet es. Steckt es ein.
Ziemlich sicher heißt er nicht Jeff. Was macht das? Ziemlich sicher kann sein Chef wenig mit meinem Zettel anfangen. Macht das noch etwas aus?
Die Fähre legt quietschend an. An diesem Ufer wartet sie nicht, wird gleich wieder zurückfahren.
Wir reichen uns die Hände. Jeff steht am Ufer. Ich lehne am Eisengeländer. Ratternd kämpft der rostige Kasten gegen die Strömung.
Die Tasche zwischen den verstaubten Schuhen, schaue ich aufs Wasser. Ol' man river?
Die Sonne wirft meinen Schatten gegen dieses glitzernde Graugrün, das dort fortfließt.
Rufiji ...

Das Kleine und das Große Egal

Das Große Egal ist mit zwei Strichen getan.
Das Kleine Egal mißt sieben auf sieben und grenzt an die Hängenden Gärten der Semiramis.
Der Schriftsteller läßt den Blick langsam von Osten nach Westen gleiten. Läßt für eine Weile Stift, Schreibmaschine, Computer vor sich her arbeiten.
Der riesige Tisch paßt nur auseinandergenommen durch die Tür. Steht jetzt mit Blick auf Gärten. Von Westen aber brausen die Wellen eines unendlichen Ozeans.
Auf der Tischplatte stapeln sich Bögen voller Entwürfe. Beschreibungen von Verwesenem und noch nie Dagewesenem.
Regalbretter biegen sich unter der Last beschriebenen, verstaubten Papiers.
Der Schriftsteller schaut auf Stöße, Stapel, blickt weit aus dem Fenster.
Wenn einmal das Kleine Egal geschrieben sein sollte, was bleibt dann?

Feuertanz

Dem Mann war nicht mehr zu helfen. Nach menschlichem Ermessen. So erzählt man.
Kinder umschwirrten ihn. Wie Motten das Licht. An den Hängen rundum loderten Maifeuer.
Wenn manche Kinder verbrannten, dafür konnte der Mann nicht. Er sah sie kaum, die Feuer und die Kinder, die sich Maiglöckchen ins Haar geflochten hatten. Die Hänge und die blühenden Mandelbäume, den roten Saum der Abendsonne, die Insekten im Feuertanz, die Fledermäuse im Dämmerflug, die Kinder im Glück mit Glöckchen, nichts sah der Mann mehr, erblindend.
Gar der Mond, wie ein Stück faul Holz fiel er vom Himmel über dem Tal und verschwand hinter den Hügeln. Hinter den sieben Bergen. So erzählt man.
Inmitten hellen Lachens vernahm der Mann eine klare Stimme. Eine Frage schien an ihn gerichtet. Du zitterst ja immer, ist dir kalt?
Der Mann aber verstand nicht recht. Du zitierst ja immer, meinte er gehört zu haben.
Vom Zitieren wird mir warm, murmelte er.
Das Kind wußte noch nichts vom Zitieren und meinte, daß Zittern Wärme verleihe. Es sagte: Die Maifeuer wärmen auch.
Der Mann brummte: Ja, so erzählt man. Maifeiern wärmten auch.

Noch eine Frage bat es aus Kindermund. Wer warst du im Leben? Tatst du viel Wahrheit kund? Hoho, rief der Mann, die Wahrheit *ist* wund. Das weiß ich ganz genau. Ich war ein verwundbarer Märchenerzähler. Oh, juchzte der kleine Mensch. Erzähl! Erzähl all die wunderbaren Märchen! Der alte Mensch nickte, sein Kopf fiel nach vorne. Alle? Ich kannte nur eines und auch das habe ich vergessen. Weiß nur mehr, wie's hieß. Ein ungeschrieben Gesetz. Dann schwieg, dann starb er. Der Sonnensaum brach an den Kanten der sieben Berge. Maifeuer brannten. Kinder umschwirrten den Toten. Wie Motten das Licht. Wenn sie nicht verstanden, dafür konnte er nicht.

WandLungen

Frau Dr. W sah ihn mit großen, ruhigen Augen an.
- Friedrich, Sie waren die letzten beide Male nicht in der Beschäftigungstherapie. Warum widersetzen sie sich meinen Anweisungen?
Friedrich schwieg, schaute auf seine Fußspitzen, wackelte mit den großen Zehen. Die Ärztin sprach in ruhigem, aber bestimmendem Ton weiter.
- Sie müssen schon mitarbeiten. Sonst können wir Ihnen nicht helfen. Und wenn Sie weiterhin die Therapie schwänzen, müßte ich Sie entlassen.
Friedrich schaute hoch, hielt den Kopf leicht schräg. Staunen und Spott in seinem Blick. Ein bißchen wie eine Amsel.
- Basteln und Leimen kotzen mich an. Mir fehlt etwas anderes.
- Was fehlt Ihnen?
- Ich weiß es nicht.
Dann begann er zu erzählen, als ob nichts vorgefallen wäre.
- Ich war bei Osiander. In der Buchhandlung. Kennen Sie das neue Buch von Peter Handke? Es sind Gedichte. "Die Innenwelt der Außenwelt der Innenwelt".
- Lesen Sie gerne Gedichte?
- Nein. Ich habe das Buch nur gekauft, weil auf Seite 133 ein zerrissener Zehnmarkschein

abgedruckt ist. Der Handke hat den Geldschein zusammen mit einem Hemd in die Waschmaschine gesteckt. Ein tolles Gedicht. Glauben Sie, daß Lesen verrückt macht?
- Was lesen Sie noch?
- Von Camus "Die Pest".
- Was gefällt Ihnen, was beschäftigt Sie bei der Lektüre?
- Meistens starre ich den Umschlag an. Er ist gelb. Gelb gefällt mir.
Friedrich sann vor sich hin. Sah gelb. Dachte an Tarrou in der Peststadt. An dessen Versuch, alle Menschen zu verstehen. Keine Todfeinde zu haben. Keinem die Pest ins Gesicht zu atmen. Ein Heiliger sein zu wollen. Er sah Sonne, sehr intensiv, sehr gelb, van-Gogh-gelb. Die Ärztin erhob sich.
- Nein, Lesen macht bestimmt nicht - wie Sie sagen - verrückt. Aber Sie brauchen auch die Handarbeit. Denken Sie daran.
Friedrich ging spazieren. Er wandelte gern auf und ab, den langen Flur entlang. Nach dem Abendessen. Es gab roten Tee. Oder Pfefferminz. Widerlich. Diese Tees rochen genau wie der Flur. Meistens versahen Studenten die Nachtwache. Der eine, der oft kam, trug Gesundheitssandalen. Und war jovial. Friedrich fand ihn nett, aber überheblich. Dafür mochte er den Jungen mit der Hornbrille. Der putzte jedes Mal, bevor er sich auf einen Stuhl setzte, diesen lange und umständlich ab. Es gab

noch einen frechen Burschen. In der Werkstatt, während der Beschäftigungstherapie, hatte er eine Holzpistole geschnitzt. Und schenkte sie einem älteren Mann. Weil der immer davon sprach, daß er sich erschießen wolle. Am Fenster standen Patienten beisammen, die sich bereits auskannten. Oft erzählten sie von der geschlossenen Station. Zogen her über die dort, denn die waren wirklich verrückt. Wenn man nicht aufpasse, wenn man da hinkomme, dann sei es aus.
Der Flur erschien ihm wie ein Tunnel. Nur viereckig. Er mündete in die geschlossene Station. Man wurde morgens schon sehr früh geweckt. Sie lagen zu acht im Zimmer. Es begann mit Fiebermessen. Dann wuschen sie sich nacheinander am Waschbecken neben der Tür. Das Fenster, durch das die Morgensonne fiel, trug außen Gitter. Dabei befand man sich gar nicht auf der geschlossenen Station. Vielleicht ein Relikt aus früheren Zeiten.
Nervenklinik Tübingen. Friedrich, neunzehn Jahre alt.
Er bekam kein Frühstück. Ein Pfleger erschien und band ihm Füße und Hände ans Bett. Fragte, ob es nicht zu fest sei. Dann verabreichte er die Insulinspritze. Die Wirkung setzte bald darauf ein. Er wurde schläfrig. Die Wände atmeten. Dann riß jedes Mal der Faden.

An diesem Morgen, als Friedrich wieder zu

Besinnung kam, erzählte ihm der Dicke aus dem Nachbarbett, daß er mehr als sonst getobt habe.
Wenn das Zittern sich einem Höhepunkt näherte, wenn er die Augen verdrehte und ihm Schaum vor den Mund trat, begann der Pfleger ihm Zuckerwasser einzuflößen. Er mußte anschließend immer noch eine halbe Kanne von diesem widerlichen Zeug saufen.
Diesmal, so erzählte der Dicke, der gewöhnlich im Trainingsanzug auf dem Bett lag und Kreuzworträtsel löste, diesmal habe Friedrich furchtbar gestöhnt und das Wasser immer wieder ausgespuckt. Geschrien. Nein. Nein.
Der Pfleger habe alle Mühe gehabt.
Nach einiger Zeit war er wie üblich ganz da und durfte frühstücken.

Friedrich ging spazieren. Im runden Blumenbeet vor dem Hauptportal der Nervenklinik blühten gelbe Narzissen. Man sah auf Tübingen. An der Straße zur Stadt hinunter blühten gelbe Büsche, in denen Bienen summten. Er empfand das Laufen wohltuend, die gelben Blüten wohltuend, das Gesumme wohltuend. In seinem Kopf hielt das an, bis er am Neckar war. Dort traf er Helga. Und saß auf der Neckarmauer in der Sonne. Als ob er selber ein Student wäre. Frühling 69. Helga hatte einen so kurzen Minirock an, daß er alles sehen konnte. Aber hinfassen wagte er nicht. Einmal

fragte sie, warum er dort oben sei.
- Ich habe Angst, meine Eltern zu verlieren.
- Mit neunzehn?
- Man hat sein ganzes Leben lang Angst, daß einem das Liebste gestohlen wird.
Helga küßte feucht. Und wenn sie das Wort "Mensch" aussprach, klang es immer wie "Mench". Sie sagte oft "Mench" und lachte.
An diesem Tag schenkte sie ihm ein Foto aus einer Illustrierten. Playboy der Woche, stand über dem Bild. Er verstand die Anspielung nicht oder wollte sie nicht verstehen. Aber er mochte die Studentin.

Besprechungszimmer Frau Dr. W.
- Sie waren heute nicht zum Mittagessen da. Am Nachmittag auch nicht. Haben Sie wieder Buchhandlungen aufgesucht?
- Ja, ich glaube. Glauben Sie, Frau Doktor, daß die Insulinschocks gesund machen?
- Sie helfen. Aber Sie müssen auch zur Beschäftigungstherapie gehen.
- Ich wüßte eine Therapie, die heilt.
- Welche?
- Ich weiß es nicht.

Am Abend hört Friedrich wieder die Alten erzählen. Der Junge wischt umständlich seinen Stuhl ab. Am Morgen hört er die WandLungen atmen. Der Pfleger wischt ihm den Schaum von den Lippen.

Am Nachmittag bei der Ärztin. Frau Dr. W. sah ihn mit großen, ruhigen Augen an.
- Friedrich, Ihr Bettnachbar behauptet, Sie hätten ihm seine Rätselhefte gestohlen. Sie wären zur fraglichen Zeit der einzige, der im Zimmer war. Die Hefte seien in der Schublade des Nachtschränkchens gewesen.
Friedrich senkte und schüttelte den Kopf. Daß der Dicke ihm das antun könne, hätte er nie gedacht.
- Wie soll es jetzt weitergehen? Zur Beschäftigungstherapie gehen Sie nicht. Und nun dies. Ich werde Sie...
Friedrich sprang auf. Nein. Er wolle nicht nach Hause. Lief hinaus. Hinunter in die Stadt. Über die Neckarbrücke. Lief bis zur Blauen Brücke. Stand, ans Eisengitter gelehnt. Schaute hinab. Auf die Schienen. Der Zug aus Stuttgart näherte sich. Es regnete leicht. Der Zug wurde immer größer. Er schloß die Augen. Die Bremsen, Eisen auf Eisen, knirschten schrill. Der Zug fuhr unter der Brücke durch und hielt kurz dahinter auf dem Tübinger Bahnhof.
Friedrich öffnete die Augen. Sah die lange Reihe der alten Kastanienbäume, dort an der Straße nach Reutlingen.

Auf dem Weg zurück zur Klinik dachte er darüber nach, woher die Blaue Brücke wohl ihren Namen hatte. Denn es war nichts Blaues an ihr. Alles rostbraune und graue Stahlträger.

Aber wenn er gesund geworden sei, werde er sie blau anmalen. Ganz und gar. In einer nächtlichen Aktion. Das fiel ihm ein, als der Zug unter ihm durchgefahren war. Eine echte blaue Brücke. Und er lächelte.
In abermals neunzehn Jahren wollte er auf der Blauen Brücke stehen und auf die rotblühenden, alten Roßkastanien schauen. Dann im Sonnenschein. Mit viel gelb, unendlich viel gelb. Und blau. Und vielleicht Helga.

Nur die Anschuldigungen des Dicken taten ihm noch immer weh. Er wollte in die Beschäftigungstherapie. Ein rundes Bild malen. Mit einer strahlenden Sonne in der Mitte. Drumherum blau, schließlich schwarz mit gelben Sternen in der Nacht. Für den Dicken. Auch wenn der nicht begreifen wird, daß er es niemals gewesen sein konnte. Er wußte ja um die Angst, daß einem das Liebste gestohlen wird.
Und er wußte, die Blaue Brücke wird blau, die stachligen Kastanienkapseln wie tausend kleine Sonnen. Und er wie ein Heiliger. Wie Tarrou. Oder Camus.

Luzius

Sturm kam auf. Eine heftige Bö packte Luzius am Kragen und trug ihn fort. Ins Unbekannte. Suchend tastete er sich weiter in der fremden Gegend. Streckte vorsichtig die Fühler aus. Seine moosbewachsene Höhle fand er nimmermehr. Jener Halm, auf den er abends gern kletterte, auf dem er seine Leuchtorgane erstrahlen ließ, war auch nirgends zu entdecken.
Sei ein leuchtendes Beispiel, Luzius! Wie oft hatte er diese Ermahnung in seiner Kindheit gehört. Und wollte folgen, wollte sein Licht unter keinen Scheffel stellen. Denn Licht, Erleuchtung, Klarheit waren höchste Güter.
Doch nun, in Fremdland, verspürte er ein Unbehagen, bekam er Angst. Welche Worte galten noch, welche Werte galt es zu befolgen?
Zu Hause bei den Leuchtkäfern in Illuministan schienen alle Regeln einleuchtend zu sein. Wolltest du einen Freund oder eine Freundin einladen, strahltest du, so lang und so schön du nur konntest. Andrerseits nahm manch ungebetener Gast Reißaus, wenn er, von dieser Lumineszenz, von diesem grüngelben Leuchten irritiert, geblendet wurde.
Hier jedoch kannte sich Luzius nicht aus, traute sich kaum zu rühren. Wartete ab, verkroch sich meist unter irgendwelchen Blättern und atmete kaum. Er dachte an die wunderli-

che Dohle, die ihm einmal erzählt hatte, daß es Käfer gebe, die schauderhaft verrecken in stickigen Zimmern. Luzius fürchtete sich, in solch einen Raum zu geraten. Leuchtkäfer müssen leuchten, für alle sichtbar. Wie Sterne. Eines Sommerabends, in der beginnenden Dämmerung, hörte Luzius jemanden an seinem Versteck vorbeischlurfen. Er schlich sich an den Rand des Blattes, unter dem er hockte. Aber welch ein Pech! Das Blatt wendete sich, kippte mit ihm um, und da lag Luzius zu Füßen eines schwarzbraunen Gesellen. Der stutzte, und Luzius rappelte sich verschämt hoch. Irgend etwas mußte er jetzt sagen, denn er empfand sich immerhin als ein Eindringling in Fremdland.

Entschuldigung, ich bin Luzius aus Illuministan, aber leider vom Winde verweht. Wenn Sie so freundlich wären, mir zu verraten, wohin ich geraten bin?

Kakerlakien heißt dieses wunderbare Land, antwortete der Schwarzbraune. Und schmatzend, indem er jedes Wort auf der Zunge zergehen ließ, fuhr er fort.

Kakerlakien ist die Heimat der prächtigen Schaben. Mich nennt man Knirsch Dien. Bestimmt hast du von mir gehört. Den weltberühmten Schlager habe ich komponiert und getextet: "Diens Traum". DiensTraum ist die Sehnsucht aller Schaben in aller Welt, die Sehnsucht nach der Küche. Und genau dorthin

bin ich unterwegs, etwas Leckeres zu ergattern. Willst mit?
Luzius zögerte. Ist eine Küche ein geschlossener Raum?
Knirsch Dien lachte. Für Schaben gibt's keine verschlossenen Türen. Wir dringen überall ein, nur schön warm, feucht und schmierig muß es drin sein.
Luzius überlegte laut. Eine schrullige, eigenbrötlerische Dohle habe ihn einst gewarnt. Käfer sollten lieber im Freien leben. Wer sich in Gemächer begebe, komme darin um.
Nun wurde Herr Knirsch aber ungemütlich. Kommt der Kerl aus Wolkenkuckucksheim hierher und verkündet gleich irgendwelche albernen Weltweisheiten. Entweder ab in die Küche oder raus aus Kakerlakien. Und ich warne dich, Freundchen. Schaben gibt es überall. So erstreckt sich auch Kakerlakien über die ganze Welt. Sollte es noch einige Winkel geben, die nicht die kakerlakische Lebensart bevorzugen, werden wir das sehr bald ändern.
Luzius widersprach nicht.
Wenn's einen in die Fremde verschlagen hat, hält man besser die Schnauze. Sonst ist die auch bald eingeschlagen.
In der Küche, wohin ihn Knirsch Dien geschleppt hatte, herrschte lebhaftes Treiben. An allen Ecken und Enden wurde geschmatzt, geschnalzt, geschleckt, geschlürft, gesabbert.
Das ist die Welt, die einzige Welt, die wahr-

haftige Welt. Johlte es um ihn. Und Luzius fraß mit.

Sobald er nur gierig genug alles in sich hineinstopfte und verschlang, klopften ihm seine Mitesser wohlwollend auf die Wangen.

Nur gelegentlich fiel ihm ein, was er in Kindheit und Jugend gelernt hatte, nämlich ein leuchtendes Beispiel zu sein. Galt das auch für diese Freßorgien? Sollte er weltbester Vielfraß werden?

Es wurde schwer, ungemein schwer, sich zurechtzufinden. Die altvertraute Mooskuschelhöhle, der Halm, an dem er leuchtend hing, das genügsame und doch weithin strahlende Leben wollte ihm nicht aus dem Sinn. Einsilbig wurde Luzius, wortkarg, und wenn er sprach, stotterte er. Ständig wollten verschiedene Welten über seine Zunge rollen. Da rollte die Zunge nicht mit. Er verhaspelte sich, verlor sich mitten im Wort, blieb in angefangenen Sätzen hängen.

Aus Kummer über sein Mißgeschick beschloß er, sich vor versammelter Küchenmannschaft zu offenbaren.

Ich kann leuchten, Licht erzeugen. Stammelte Luzius in die Menge. Die Kau- und Verdaugeräusche übertönten ihn. Noch lauter radebrechend versuchte er sich Gehör zu verschaffen. Da grölten die Schaben über den gelungenen Witz. Also trat Luzius den Beweis an und schaltete seine Photophoren ein.

Das sind meine Leuchtorgane, sagte er mit versiegender Stimme. Und die Schaben wieherten vor Vergnügen.

Luzius der Lügner, spotteten sie, hat sich mit Batterien und Glühlämpchen behängt. Lügenluzi nannten sie ihn fortan. Lügenmaul und Lügensack. Die schlausten Köpfe aus Kakerlakien aber, die Kritikusse unter den Schaben, verbreiteten ihren Kommentar, daß Luzius ein Luziferin benutze. Und es sei sonnenklar, woher jemand Luziferine beziehen könne. Nomen est omen.

Gerne hätte Luzius erwidert, daß Luziferine rein natürliche Stoffe seien, und man könne das in jedem Lexikon jederzeit nachlesen.

Doch Lexika waren in Kakerlakien verpönt. Außerdem geriet der Leuchtkäfer bei seinen Erklärungsversuchen jeses Mal in solches Gestottere, war so unsicher und durcheinander, daß man ihn nur umso mehr einen Witzbold oder Lügenbold nannte. Auch war sein Körper von ranzigem Küchenfett überzogen, darunter die Leuchtorgane nur schwach hervorglommen. Ließ er sie trotzdem aufglühen, umtanzten ihn die Schaben und riefen im Chor. Lügenluzi, Lügenluzi, größte Leuchte, größter Strizzi.

Schlußendlich wurde Luzius wegen dauernder Erregung öffentlichen Ärgernisses aus den Küchen verbannt.

Auf langen Wanderungen kam er zu den Marienkäfern, Maikäfern und Rüsselkäfern, zu

Läusen, Mistkäfern und Eintagsfliegen, Totengräbern, Gespensterschrecken und Zikaden.
Aber das sind jeweils andere Geschichten, die noch darauf warten, erzählt zu werden.
Luzius jedenfalls wandert von Ort zu Ort. Und wenn er nicht gestorben ist, leuchtet er irgendwo auch heute.

LenauProjektionen

So lang ein Kuß auf Erden glüht,
Der nicht durch meine Seele sprüht,
So lang ein Schmerz auf Erden klagt,
Der nicht an meinem Herzen nagt,
So lang ich nicht allwaltend bin,
Wär ich viel lieber ganz dahin. -

Nikolaus Lenau, Fausts Tod

Nervenheilanstalt Oberdöbling/ Wien, 1848
Märznacht, irisierendes Licht. *Ich bin kein delirischer sondern ein lyrischer Dichter.* Schau ich nach Westen, sehe ich, wo ich herkomme. Aus Schwaben, meiner zweiten Heimat. Aus der staatlichen Irrenanstalt Winnenthal. Aus Stuttgart in Württemberg, aus dem Kreise schwäbischer Dichter. Vor fünf Jahren starb Hölderlin. Ich habe ihn nicht persönlich gekannt. Aber der Gustav Schwab. Und der Uhland. Die haben ihn gekannt. *Ich habe eine poetische Wallfahrt gemacht zu Uhland, Maier, Justinus Kerner, habe Ebert hier getroffen, mein ganzes Leben ward ein höchst poetisches.* Und Hölderlin im Tübinger Turm. "Wozu Dichter in dürftiger Zeit."
Schau ich von Wien aus (hier lebte ich viele Jahre) nach Osten, sehe ich wiederum, wo ich herkomme. Aus dem Karpatenbecken, aus dem

Ungarnland, aus den Randgebieten der Monarchie, aus dem pannonischen Meer der Poesie. Pannonien will ich nicht exakt nach dem Brockhause definieren. Es wird mir nicht selten vorgehalten, *daß ich die Sphäre der Poesie und die Sphäre des wirklichen Lebens nicht auseinanderhalte.*
Das große pannonische Völkermeer, vom Gürtel der Karpaten umschlossen. Gerad einen Tagesmarsch von Wien gen Osten ändert sich gar die Vegetation. Westliche Ausläufer der pontischen, asiatischen Flora. Und Akazienwälder. Und Turteltauben. Ex oriente lux. Ich kam aus dem Osten. Studierte in Budapest, Wien, Bratislava, Magyaróvár. Gelangte sogar an die Niagara-Fälle. *Ohne Ziel und Vaterland.* Voriges Jahr dann aus Winnenthal wieder nach Wien. Darf ich abermals betonen: *Ich bin kein delirischer sondern ein lyrischer Dichter. Mein selbstestes Selbst ist die Poesie.*
Geboren 1802 in Csatád, nahe Temesvár. Im Banat. Das liegt tief im Südosten des Karpatenbeckens, des Völkergemischs. Gegen Ende des 20. Jahrhunderts werden verhungernde Babys im Kinderkrankenhaus von Temesvár liegen. Man wird die Menschen auf den Straßen wie Vieh abschlachten. Man wird die geschundenen, malträtierten Leiber, die Leichen sehen. Nackt. Die Füße mit Stacheldraht zusammengezurrt. Die Sekuritate. Die Sicherheit. Und Kerzen flackern. Ununterbrochen. Die

Humanität des 20. Jahrhunderts. *Die Kunstgenossen stehn und starren /Entzückt auf ein Apollobild:/ Da rollt vorbei der Leichenkarren,/ Und draußen ruft die Klage wild.*
Csatád, dieser ungarische Ortsname läßt sich als "deine Schlacht" ins Deutsche übersetzen. *Deine Schlacht, die Schlacht die du durchzukämpfen hast.* Ich wollte als Schriftsteller leben, wollte Dichter sein und sonst nichts. *Mein selbstestes Selbst ist die Poesie. Meine Person hat sich über alle Lust, welche Geld, Amt usw. geben können, erhoben.* Das war meine Schlacht. Kleine Völker und große Dichter unterliegen. Bonzen gewinnen. Klar. Világos.
Schon im Jahr nach meiner Geburt kam ich nach Buda. Die hügelige Stadt rechts der Donau wird sich mit dem flachen Pest zu Budapest, dem "Paris des Ostens" vereinen. Jetzt, in diesem März 1848 hat dort einer der größten ungarischen Dichter das Wort ergriffen, Sándor Petöfi. Rezitiert seine Gedichte vor den Massen, skandiert die Verse. Nieder mit den fremdländischen Unterdrückern. Auf, du Ungar, die Zeit ist reif. Zerreiß deine Ketten. Wir schwören dir bei Gott, daß wir Sklaven länger nicht bleiben. Dichter des Ostens waren und werden meistens Kämpfer der Freiheit, der Befreiung sein. Gegen Ende des 20. Jahrhunderts wird der Dichter Václav Havel Staatspräsident. Sozusagen direkt aus dem Gefängnis. Jener

Freiheitskampf der Magyaren wird nur ein Jahr währen. Dann werden habsburgische und russische Heere der Märzrevolution den Garaus machen. Der Dichter Petöfi wird im Kampf fallen, in der letzten großen Schlacht bei Világos.
Die Gemeinde Világos , auch im Südosten des Karpatenbeckens, des Vielvölkermeeres gelegen, habe ich einmal besucht. Auch dieser ungarische Ortsname läßt sich ins Deutsche übersetzen. Világ heißt Welt und gleichzeitig Licht, Leuchten, ferner Schein. Und Kerzen flackern. Ununterbrochen. Világos bedeutet hell, klar, einleuchtend. Große Dichter und kleine Völker unterliegen. Oft. Világos. Manche aber unterliegen, denn *Es ist durchaus nicht zu verkennen,/ Sie lernen leichter Sklavensitten,/ Als daß sie Freiheit an sich litten,/ Für die sie doch so leicht entbrennen.* Als ich vierzehn war, zogen wir aus der Hauptstadt nach Tokaj, *Wo auf sonnenfrohen Hängen/ Die Tokajertraube lacht,* wo ich wohl die glücklichste Zeit meines Lebens verbrachte.
Trauer kommt über mich, denk ich an euch zurück, ihr *Blumen, Vögel rings im Haine,/ All ihr frohen Bundsgenossen,* an die Zeit inmitten duftender Rosengärten und farbenfroher Weinberge am Rande der großen ungarischen Tiefebene. Tisza (Theiß) und Bodrog fließen zusammen, Nachtigallen schmettern aus den Flußauwäldern,

gelb und grün grüßen Herlitzensträucher und Silberreflexe der gewundenen Flüsse.

Hier lernte ich die Stimmen der Vögel nachahmen, daß gar der Justinus Kerner später entzückt dem Vogelgesang meines Lippenpfiffs lauschen sollte. Ich lernte auch, auf die Stimme des Regens zu horchen in der weiten Heide, wo *Der Wanderer hört den Regen niederbrausen,/ Er hört die windgepeitschte Distel sausen,* und auch meine, *die aufgeschreckte Seele lauscht dem Winde.* Wie Hölderlin dichtete, "Da ich ein Knabe war,/ Rettet' ein Gott mich oft/ Vom Geschrei und der Rute der Menschen,/ Da spielt ich sicher und gut/ Mit den Blumen des Hains,/ Und die Lüftchen des Himmels/ Spielten mit mir."

In Tokaj lernte ich vergnügt auf der Guitarre zu spielen und der Violine ihre zauberhaften Töne zu entlocken. Diese von alters her berühmte Weingegend hat viele traditionelle, urmagyarische Bräuche bewahrt. Und in der milden Abenddämmerung vor kleinen Weinkellern ertönt Gesang und Geigenspiel, Geige aus Rosenholz. Und auf den Jahrmärkten buntes Treiben, vielerlei Volk, auch Husaren in roter Uniform, auch Zigeuner in allen Farben der Welt.

Ich denke an *Die drei Zigeuner,* die ich einmal auf einem Ausfluge traf, sie ruhten unter einer Weide. Rauchten, musizierten, dösten. *Dreifach haben sie mir gezeigt,/ Wenn das Leben uns nachtet,/ Wie man's verraucht, verschläft, vergeigt/ Und es dreimal verachtet.* Ich denke nicht oft an Piroschka. Aber ich denke an *Die drei Indianer,* die ich am Niagara beobachtete. Höre ihr Wehklagen, erschaure, wenn ihr *Fluch den Weißen* trifft. Keine Heimat, keine MutterErde, nichts hat ihnen *die Räuberbrut gelassen.* Sehe sie *Ihren Nachen von den Uferweiden* losschneiden, sie *Stimmen an, ihr Sterbelied zu singen,* stürzen, *Singend schon dem Falle zugeschossen,/ Stürzen jetzt den Katarakt hinunter.*

Märznacht. Irisierendes Licht. Kleine Völker. Große Dichter.

Preßburg, wo ich in jungen Jahren eine Weile studierte, wird einmal Bratislava heißen. Die Slowaken nennen ihre Stadt Bratislava. Die Österreicher nennen ihre Stadt Preßburg. Die Magyaren nennen ihre Stadt, die alte Krönungsstadt des Königreichs Ungarn, Pozsony. Wie aber heißt diese Siedlung auf pannonischer MutterErde am Ufer der Donau nun richtig? Richtig ist, daß ich in dieser Stadt meiner heißgeliebten Mutter meine ersten Verse vortrug, und sie mir den besten Milchreis kochte, den es in der weiten, weiten Welt gibt. Ob das in Pozsony, Preßburg, Bratislava geschah... Nichtig. Gänzlich unwichtig. Jeder Mensch hat nur eine leibliche Mutter. Gleich, wie sie heißt, woher sie stammt, wo sie niederkommt. Meine Mutter mag auf dem Papier eine Budapesterin gewesen sein. Ich sage, sie war eine dalmatinische Raitzin. Gebar mich im südöstlichen Zipfel des Karpatenbeckens, kochte dem 19jährigen Milchreis im entgegengesetzten Winkel, im Nordwesten des großen pannonischen Völkermeeres.

Oh, die ihr dem Namen einer Stadt mehr Bedeutung beimeßt als dem köstlichen Geschmack von warm duftendem Milchreis mit Zucker und Zimt, als der sonenwarmen MutterErde unterm Rebstock, wie wenig wisset ihr vom Leben.

Kelten lebten hier, Illyrer, Römer, Germanen und Awaren, Hunnen, Langobarden, Slawen, Türken, Zigeuner und auch Österreicher, Deutsche, Magyaren. Geblieben sind stets nur Gebeine. Ab und an auch ein paar Namen.

Pannonia nannten die Römer ihre Provinz, begrenzt vom Ostrand der Alpen und den Flüssen Donau und Save.

Während am anderen Ende der damaligen Welt, in der römischen Provinz Judäa, Maria mit Palmenzweigen spielte und mit dem Gedanken, daß sie bald ins heiratsfähige Alter komme, marschierten hier die Kohorten zur Befriedung, zur Unterwerfung der künftigen Provinz Pannonia. Damals wie in allen späteren Jahrhunderten werden manche der jeweiligen Eingeborenen nach dem Einmarsch der jeweiligen Eroberer als Partisanen in die Wälder geflüchtet sein. Auch in die verwunschenen Ba-

konyer Berge nördlich des Balaton (Plattensee).
Der Räuber im Bakony, auf der Lauer, horcht aus dem Eichenwald, ob von fern ein Wagen heranrollt.

Der Räuber ist ein Schweinehirt,
Die Herde grunzend wühlt und irrt
Im Wald herum, der Räuber steht
Am Baum und späht.

Er hält den Stock mit scharfem Beil
In brauner Faust, den Todeskeil:
Worauf der Hirt im Wurfe schnellt
Sein Beil, das fällt.

Und ist's ein Mensch mit Geld und Gut
So meint der Hirt: es ist sein Blut
Nicht anders, auch nur roth und warm,
Und ich bin arm.

Pannonien im Herzen Europas. Eroberer werden zu Eroberten. Stets von neuem Kampf, Verwüstung, Unterdrückung, verbrannte MutterErde. Und doch wird man hier einst auch einen angekohlten Pfirsichkern ausgraben, Zeichen früher, blühender Obstbaukultur. Wird man im Boden die bronzene Statue der Minerva entdecken, Göttin der Künste, der Wissenschaft. Wird man gar von einer "pannonischen Kultur" sprechen zur Bezeichnung mehrerer mittelbronzezeitlicher Kulturgruppen, die im 2. Jahr-

tausend vor der Zeitrechnung an der mittleren Donau siedelten.
Und das 2. Jahrtausend nach der Zeitrechnung? Mit all seinen Vielvölkerschlachten und Menschenabschlachtungen in der alten, in der neuen Welt. Wird man da gegen Ende des 20. Jahrhunderts noch überhaupt von Kultur sprechen dürfen? Oder hat *Mephistopheles* das Rennen längst gemacht? Rät er doch seit Jahr und Tag, wie man verfährt mit einem, der statt den *Nutzgeschäften* sich dem *Ideenreich* verschreibt. Der Aufklärung befürwortet, das Klare. Világos , wie man mit einem Lichttrunkenen verfährt! *Will er in Schriften gar den Knechten/ Einraunen was von Menschenrechten:/ So müßt Ihr solche Herrscherplagen/ in ihrem Keime gleich erschlagen./ Ich rath' Euch hier das beste Mittel:/ Censoren als Gedankenbüttel.*
Die Verwaschung jedweder Klarheit und lichter Lebendigkeit durch Zensoren der Phantasie, durch *Gedankenwürger*, wird gegen Ende des 20. Jahrhunderts allerlei diabolische Formen annehmen. Die Volksverdummung wird ungeahnte Höhenflüge feiern. Und sehr viele schreiben für die letzte Spalte hinten, unten.
Märznacht. Irisierendes Licht. Fährt man von Wien nach Osten, kommt man unterhalb von Bratislava, an einem südlichen Donauarm gelegen, an Magyaróvár vorbei, zu Deutsch Ungarisch-Altenburg. Diesen Weg wird auch Tho-

mas Manns Doktor Faustus, der Tonsetzer Adrian Leverkühn, nehmen, um von Wien "nicht sogleich nach Haus Schweigstill zurückzukehren, sondern seiner Welt-Freundin die Freude seines Besuches auf ihrem ungarischen Gute zu machen", nahe Székesfehérvár (Stuhlweißenburg), östlich der Bakonyer Berge. Ist das ungarische Dorf des Adrian Leverkühn auch nur ein fiktives, wird Thomas Mann tatsächlich mehrere Male in Ungarn gewesen sein, das pannonische Städtchen Magyaróvár passierend, wo ich ein Semester lang bis März 1823 Landwirtschaft studierte, und das später Mosonmagyaróvár heißen wird.

Hier, wo ich mich mit Botanik beschäftigte und bereits floh vor Menschenwillkür in die schmerzlindernde Natur, hier grüßen den Westankömmling schon erste Vertreter der blütenprächtigen pannonischen Flora. Mit balkanischem, pontischem, südrussischem Einschlag. Süßgräser, von der Sonne grünsilbrig durchkämmt. Auch wilder, roter Mohn, duftender wilder Hanf an sandigen Südgefällen. In Donausümpfen gar die Iris sibirica.

Aus dem Westen kommend, an Wien vorbei, schafft der Strom bei der Porta Hungarica den Durchbruch und ergießt sich zwischen Bratislava und Mosonmagyaróvár in die pannonische Ebene, in das Vielvölkermeer. Einflüsse westlicher Kultur dringen von hier aus in das Karpatenbecken. Dringen, fluten, düngen auch.

Stromaufwärts, von Ost nach West, ist's beschwerlicher. Gegen den Strom, wenn auch mit der Sonne.

> *Rings im Kreise lauscht die Menge*
> *Bärtiger Magyaren froh;*
> *Aus dem Kreise rauschen Klänge:*
> *Was ergreifen die mich so?*
> *Lauter immer, immer toller*
> *Braust der Instrumente Kampf,*
> *Braust die alte Heldenweise,*
> *Die vorzeiten wohl mit Macht*
> *Frische Knaben, welke Greise*
> *Hinzog in die Türkenschlacht.*

War's keine Türkenschlacht, gab's andere Kämpfe, tagtägliche Unterwerfungen, und trotzdem brachten die Stämme, Volksgruppen, Völker hier wundersame Blumen, blühende Gärten der Poesie hervor. Für Auswärtige, für Fremdbetrachter sind sie unbekannt geblieben, wie Landschaften,, wie die Flora dieses sonnendurchfluteten Meeres. Mehr als Pußta, Paprika, Piroschka, Borstenvieh und Schweinespeck gedeihen hier.

Stromaufwärts in den Westen werden wenige, wird wie ich auch Ödön von Horváth getrieben werden. Er wird von sich sagen, daß er in drei Sprachen lebe und keine perfekt beherrsche. In Paris, dem Paris des Westens, wird ihn der Schlag treffen, der Schlag

eines umstürzenden Baumes.
Stürmische Märznacht. Pannonisches Erbe.
Aquincum nannten die Römer die Hauptstadt der Provinz Pannonia. An den Donaufluten nördlich der Budaer Berge wird man die ausgegrabenen Ruinen bestaunen. Gegen Ende des 20. Jahrhunderts wird auf dem Budaer Königshügel eine Rockoper aufgeführt werden.
István , a király. Stephan, der König. Fackeln und Kerzen werden flackern. Ununterbrochen. Musikalisch steht die Historienoper westlichen Rockklängen in nichts nach. Bereichert allerdings mit altungarischen Weisen. Erzählt wird die tausend Jahre zurück liegende Geschichte. Die Auseinandersetzung zwischen westlichem und östlichem Denken, Fühlen, Sehnen. Der junge István wird von der ehrlichen Überzeugung geleitet, seine Volksstämme würden nur in Anlehnung an westliches, römisch-christliches Wesen überleben können. Sein Gegenspieler, Häuptling Koppány , schwört auf urmagyarische, aus dem Osten mitgebrachte Sitten und Bräuche. Beschworen werden die Kräfte der gütigen ErdenMutter, der gnadenreichen SonnenMutter, der holden MondMutter, der huldvollen GewässerMutter, beschworen alle guten Naturgeister, daß sie Klarheit, Vollkommenheit, Licht gewähren mögen für alle Zukunft. Világ. Világos.
Ein Ringen um die Wahrhaftigkeit der Weltanschauungen beginnt. Vor dem entscheidenden

Kampf besingt der bullige Häuptling Koppany seinen Traum von einer möglichen, künftigen Geschichte, die in Ehrfurcht vor alten Ordnungen und Göttern einmal zu einer großartigen, freiheitlichen donauländischen Republik führen werde. Sagen wir, zu einem friedvollen danubisch-pannonischen Vielvölkermeer.
In der fürchterlichen Schlacht bei den Bakonyer Bergen gewinnen István und seine Anhänger, er wird als König Stephan I., der Heilige, in die Geschichte eingehen. Häuptling Koppány wird geviertelt. Zur Abschreckung an die Zinnen vierer Burgen des Landes gespießt. Mancher, manches unterliegt. Manche gewinnen.
Jeweils auf kurze Sicht. In Anbetracht schier ewiger Bahnen leuchtender Monde, Sonnen, Galaxien.
Mein ganzes Leben ward ein höchst poetisches.
Und werden auch viele Träume erst einlösbar *In jener heiligen Umnachtung,/ Wo jede Sehnsucht wird geheilt,* spricht das nicht gegen ein Leben in Poesie, in Hoffnung. Zur Erörterung über Gründe der Enttäuschung wird man in Ernst Blochs "Prinzip Hoffnung" auch von dem "zerrissenen Lyriker Lenau" lesen und von seiner "Katastrophe an der Fata Morgana". Jene Luftspiegelung, die die Menschen der ungarischen Tiefebene délibáb nennen. Trugbild. Wahnbild. Träume der Natur. Délibáb.
Die Schrumpfrealität ohne künftiges Leuchten

befriedigt mich nicht. Und Bloch wird schreiben: "Was sich sogleich, vollkommen, mit Haut und Haaren, mit Fleisch und Bein verwirklicht, was mitten in unserer Vorgeschichte, unserer doch noch so wenig zum vollen Da-Sein entwickelten Daseinssphäre gar keinen Rest läßt, erscheint auch dem planenden Realisten, den keine absolute Forderung bankrott macht, schwerlich sogleich als das Rechte. Das in der Tat ist der unromantische Rest und Kern in Kierkegaard, selbst in Lenaus so verstiegener, ja defaitischer und impotenter Skrupulosität, - ein Rest, den anderwärts gerade die Vorsicht in der Hoffnung merkt."
Irisierendes Licht. Märznacht, 1848. Wien/ Oberdöbling, Nervenheilanstalt. *So lang ein Schmerz auf Erden klagt ...*

(Alle *kursiv* gesetzten Stellen sind wörtliche Lenau-Zitate.)

Dornrösia

Es war einmal, ist einmal, wird einmal sein jener kleine Planet in der soundsovielten Verästelung eines mittelgroßen Spiralarms der Galaxie Nummer Fünfmillionvierhundertzweiunddreißigtausendeinhundertundneun.
Dort lebten die Krukse, hochentwickelte kosmische Lebewesen. Sie rühmten sich, Krone der Schöpfung zu sein, und chronisch war auch ihre Entdeckungs- und Experimentierlust. Zeitweilig.
Eine ihrer hübschesten und kühnsten Erfindungen bestand darin, alle Krukse jederzeit abschalten und wieder einschalten zu können. Die abgeschalteten Krukse befanden sich in einer Art Dornröschenschlaf. Knipste man sie wieder an, setzte sich ihr Leben an dem Punkt fort, an dem sie ihr Lebenslicht einst heruntergedimmt hatten. Natürlich durfte jeder Kruks und jede Kruksin den eigenen Abschalter nur selber betätigen. Zuvor schrieb man auf Goldtäfelchen hinter die Ohren, wann man wieder zum Leben erweckt werden wollte, in hundert Jahren oder in zehntausend, das spielte keine Rolle.
Kam irgendjemand vorbei und sah einen Kruks oder eine Kruksin in voll erhaltenem Zustand vor sich hindämmern, zog er dem betreffenden die Ohren lang und konnte auf dem Plättchen hinter der Ohrmuschel genau ablesen, in wel-

chem Jahrtausend die Dame oder der Herr geweckt zu werden wünschte. Dann galt es nur noch, ein zweites Mal kräftig an den Ohrläppchen zu ziehen. So einfach, so läppisch war dieser Einschaltmechanismus, daß ihn sogar jedes Kind beherrschte. Liebten doch schon die Kindergartenkrukse das Abschalten und Eingeschaltetwerden. "Schalt mich ein, ich schalt mich aus" hieß das Lieblingslied der Krukse.

Da es unzählige Kruksianer auf dem kleinen Planeten in der soundsovielten Verästelung eines mittelgroßen Spiralarms der Galaxie Nummer Fünfmillionvierhundertzweiunddreißigtausendeinhundertundneun gab, besagte die Wahrscheinlichkeitsrechnung, daß immer wenigstens ein Bewohner wach sein werde. Schier ewiges Leben war somit garantiert, und viele Krukse richteten sich darauf ein, in jedem Jahrhundert nur für einige Tage eingeschaltet zu werden, um die neuesten Leckereien zu probieren, die neuesten technischen Errungenschaften zu testen, stets das Neueste vom Neuen zu genießen. Kaum daß es langweilig wurde, drückten sie auf den Umschaltknopf und begaben sich nach Dornrösia.

Aber schreib dir ja hinter die Ohren, wann du eingeschaltet werden willst, lautete die wichtigste Lehre, die schon die Kindergartenkrukse eingetrichtert bekamen. Sonst verschläfst du noch die Ewigkeit.

Für ganz vergeßliche Gesellen richtete man einen allgemeinen Weckdienst ein, der alle paartausend Jahre eine Langschläferinventur durchzuführen hatte. Behutsam befragte dann psychologisch geschultes Personal alle Schlummernden, die sich im letzten Jahrtausend nicht mehr gerührt hatten, ob sie vielleicht mal kurz den letzten Schrei mitkriegen wollten.
Daß man sich selber zwar ausschalten konnte, das Einschalten jedoch weder selber noch durch klug ausgetüftelte Automaten oder Roboter möglich war, sondern immer nur von einem wachen, tätigen Geist ausgehen mußte, fuchste die Kruksianer sehr. Doch schien hier ein absolutes kosmisches Gesetz zu walten. Ausschalten geht auch selber, eingeschaltet kannst du immer nur w e r d e n.
Nun ergab es sich, was nicht weiter hätte schlimm zu sein brauchen, daß der Chef des allgemeinen Wachdienstes ein gar vergeßlicher Geselle war, ein gutbesoldeter Bürokratenkruks. Er wollte nur kurz abschalten, und sehr viel anderes tat er auch sonst nicht. Dieses Mal war ein Nickerchen dringend geboten, denn die nächste Langschläferinventur stand vor der Tür. Gegen solche kleinen kruksianischen Schwächen wäre nicht viel einzuwenden, hätte er sich wenigstens eine Weckzeit hinter die Ohren geschrieben. Ach, hätt' er doch in Gold graviert, daß man ihn in fünfzig Jahren einschalten möge. Zumal laut

Wahrscheinlichkeitsrechnung zweimal pro Jahrhundert damit zu rechnen war, daß eine wirklich köstliche neue Speiseeissorte auf den Markt kam. Schlecken und Schlemmen lockte den Chef noch manchmal aus der Reserve.
Doch auch hier war auf Neuerungen kein Verlaß mehr, denn die meisten Speiseeissortenneuentdecker schliefen in Erwartung eines neuen, spannenden Fernsehfilms, dessen Wahrscheinlichkeitsquotient bei ca. 87,6 Jahren lag. Die Fernsehfilmproduzenten wiederum schliefen, weil ihre Serienschreiber auch schliefen, und die schliefen, weil die wenigen Kruksianer mit guten Einfällen, bei denen man abstauben und ganz toll klauen konnte, auch schliefen, weil nämlich die mit den zündenden Ideen sich irgendwann gesagt hatten, daß solange fast alle schliefen, sie sich schließlich auch schlafen legen konnten.
Hätte doch wenigstens der dämliche Trottel vom Wachdienst eine Weckzeit notiert!
Genützt - genützt hätte es zwar nichts, weil er doch der letzte war, und außer ihm eh schon alle abgeschaltet hatten.
Aber auch das ist nicht weiter schlimm.
Laut Wahrscheinlichkeitsrechnung kommt in jeder Ewigkeit mindestens einmal ein Prinz vor. Das ist so üblich im Bereich der Wahrscheinlichkeiten und der Ewigkeit. Die Physik, die Quantentheorie sagt, daß alles, was möglich ist, auch irgendeinmal passiert.

Wer hat denn noch nicht die Theorie der zahlreichen Universen, die unendliche Vielfalt paralleler Quantenwelten, wer hat denn noch nicht dieses sogenannte schwache anthropische Prinzip der Unendlichkeit anderer Universen überdacht?
Na, ist ja auch egal.
Jedenfalls besucht der Prinz dann irgendwann auch jenen Planeten in der soundsovielten Verästelung eines mittelgroßen Spiralarms der Galaxie Nummer Fünfmillionvierhundertzweiunddreißigtausendeinhundertundneun. Was wird er tun?
Wen wird er zuerst wecken? Etwa den Chef vom Weckdienst? Oder die Speiseeissortenneuentdecker?
Es wird auf jeden Fall riesigen Zoff geben. Zoff und erboste Fragen, wen denn die Schuld treffe, daß alle Kruksianer die halbe Ewigkeit verpennt haben.
Ganz zu schweigen davon, was geschieht, wenn der Prinz möglicherweise erst gegen Ende der Ewigkeit kommt!
Ja, und wenn er dann noch Null Bock hat und niemandem, niemandem die Ohren langzieht?

Die Fahrt

Ich sitze und versuche über mich nachzudenken. Aber wie kann ich feststellen, ob ich mir tatsächlich über mich Gedanken mache, oder über etwas anderes? Niemand kann mir bestätigen, ob meine Vorstellungen sich jetzt eben mit mir beschäftigen. Andererseits könnte man ja auch annehmen, daß alle nur möglichen Gedanken und Vorstellungen in meinem Gehirn nur über *mich* gemacht werden.
Denn wenn ich APFEL denke, so ist das nichts außerhalb meines Gehirns. Und: Wenn ein anderer Typ APFEL denkt, so ist das ebenfalls weder die besagte Frucht, noch aber das, was ich gedacht habe. Sein APFEL ist *sein* Gedanke, Produkt seines Hirns.
Alle Gedanken, die ich mit meinem Hirn erzeugen kann, sind ebensosehr nur meine Gedanken, wie mein Schienbein nur mein Knochen ist, obwohl andere auch ihr Schienbein haben.
Egal.
Ich will über mich nachdenken. Worüber soll ich mir also Gedanken machen? Mein Beruf, ist das mein Ich? Meine Beziehungen zu anderen - ist das mein Ich? Das Schlagen meines Herzens - ist das mein Ich? Die Art meiner Ernährung, meiner Handlungen; mein Fingernagel - was davon ist mein Ich?
Wenn meine Fingernägel nicht mehr wachsen, mein Herz nicht mehr schlägt, wenn mein

Körper keine Nahrung mehr aufnimmt und nichts sich tut, außer daß mein Body im Laufe der Verwesungsprozesse in diverse Atome und Moleküle übergeht, bleibt dann etwas, worüber ich jetzt als mein Ich nachdenken kann?
Religionen behaupten, daß da etwas bleibt. Das kann man glauben oder nicht. Es ist auch gar nicht so entscheidend, was nach dem Zerfall kommt, für die Frage nämlich, worüber ich sinnieren soll, wenn ich über mich nachdenken will. Worum ich mich bemühe, d.h. ein diese Zeilen verfolgendes Etwas sich bemüht, herauszufinden, was sein wirkliches Ich ist. So ein letzter Rest, der übrigbleiben könnte, wenn man alles abzieht, was einmal in dem allgemeinen Matsch aufgeht.
Zum Beispiel ein APFELkern. Daraus kann ein APFELbaum werden. Im Frühling sprießen Blätter, im Herbst fallen sie zu Boden. Seit Jahrmilliarden. Ziemlich eintönig auf die Dauer. Den Baum kann man verheizen, die ÄPFEL aufessen. Wenn man einen Kern übrigläßt, kann daraus wieder ein Baum wachsen.
Und verdammt, was ist dieses Wachsen, dieses Werden? Es ist natürlich eingebettet in Kern, Holz, Blättern, Früchten und kann ohne sie, ohne ihre Manifestation, nicht funktionieren. Andererseits, wenn ich ein Blatt, einen Ast abreiße, wird daraus nichts APFELiges mehr. Die Teile zerfallen und gehen in verschiedene Stoffe über.

Wenn ich also von einem APFELbaum alles abziehe, was schön, bunt, duftend, schmackhaft, verheizbar usw. ist, bleibt da noch etwas, das sich im Herbst in den Kernen konzentriert, aber auch überall im Baum vorhanden ist, solange ihn nicht die Säge oder die Altersschwäche hinwegrafft. Es bleibt da eine Fähigkeit zu wachsen, zu werden.
Und obwohl eine Menge Dinge wie Luft, Sonne, Boden, Bienen, Wind und Wasser wichtig sind, damit so ein Baum wird, wächst, ist, sind Licht, CO_2, Mineralstoffe noch nicht dieses Wachsen und Werden. Aber was ist das Wachsen und Werden eines APFELbaums? Und in mir?
Es ist schon faszinierend, wie diese Fähigkeit alle nötigen Sachen sich aus ihrer Umgebung beschafft, an sich reißt, um nach einer gewissen Zeit, die Hunderte von Jahren oder nur wenige Stunden dauern kann, wieder locker zu lassen, damit alles von neuem zerfällt. Allerdings bemüht sich diese Fähigkeit in der Zwischenzeit sehr sorgfältig darum, sich geschickt in einem weiterfahrenden Zug abzusetzen. Zug um Zug. Und sobald sie sich abgesetzt hat, mag die alte Hülle verrotten. Nach ihr die Sintflut. Sobald der Zug auf den weiterfahrenden Zug geschafft ist, kann der alte verrotten. Einzig interessant ist die Fahrt, das Weiterkommen. Der Zug ist nur Beförderungsmittel, ebenso wie der APFELbaum, wie ich.

Aber noch bin ich Zug und am Zug, bin APFELbaum, bin Träger dieser Fähigkeit, bin Heizer, Lokführer, Chauffeur, Pilot, Astronaut. Ich kann an ihr teilhaben, sie auskosten, den Fahrtwind spüren - ich kann dieser Fähigkeit sogar den Garaus machen. Allerdings ist sie zu vorsichtig, um ihr Fortbestehen nur einem APFELbaum, einem Zug, einer Weltraumrakete, nur einem Blödmann wie mir zu überlassen. Sie zieht es vor, in unzähligen Bäumen, Zügen, Typen dahinzufahren.
Und auch ich habe sie.
Warum soll ich sie nicht herumkutschieren? Sie tut mir nichts, außer daß sie weiter will. Wohin, hat sie mir noch nicht verraten. Aber immerhin gewährt sie mir recht interessante Ausblicke auf die nähere und weitere Umgebung.
Ja, manchmal bilde ich mir ein, daß sie auf mich nicht nur als Fahrtuntersatz angewiesen ist. Manchmal glaube ich, daß sie mich - wie soll ich's sagen? - gern hat. Daß sie mich um etwas bittet.
Meine Entgleisung bedeutet ihr natürlich nichts, sie fährt ja auf genügend Zügen gleichzeitig. Und wenn auch mal zwei oder zehn oder zehntausend dieser Züge, dieser Fahrzeuge kollidieren - was soll's?
Doch bewegt sich der technische Fortschritt dummerweise in eine Richtung, die immer größere Kollisionen ermöglicht. So daß immer

mehr Züge auf einmal explodieren können. Auch pilzförmig. Und auf der Strecke bleiben. Es kann sogar die Situation eintreten, daß es zu einer riesigen Kollaps-Kollision kommt, wo mit einem Male sämtliche Fahrzeuge aufeinanderprallen, detonieren und ausgebrannt liegenbleiben.
Dann ist es aus mit der Fahrerei. Nichts geht mehr. Das Spiel ist aus. Und das - meint sie - wär doch sehr schade, da das Herumfahren so toll sei.
Ich kann mich des Gefühls nicht erwehren, daß sie mich gelegentlich darum bittet, doch beim Lenken etwas aufzupassen. Und auch anderen Fahrzeugen ein gewisses Maß an Verkehrssicherheit ans Herz zu legen.
Und ich muß gestehen, daß mir das imponiert. Daß ich nicht bloßes Vehikel bin, bei dem es egal ist, wo es umkippt und verrostet. Daß ich ein wenig mitspielen darf. Natürlich wird sie mich treulos verlassen, die Schlampe. Und es ist hirnverbrannt, mir Hoffnungen zu machen, ein weiteres Stück des Weges benutzt zu werden, nur weil ich versuche, mit meiner Fahrweise Einfluß zu nehmen, um eine Kollaps-Kollision zu vermeiden. Was im übrigen sehr vielen Fahrzeughaltern an verkehrstechnisch wichtigen Schaltstellen wie Militär, Atomindustrie, höhere Politik, Geldumlauf schnurzegal zu sein scheint.
Aber ich habe nun mal sie, diese hübsche klei-

ne Person, die mit mir herumkutschiert, der das Karussellfahren so Spaß macht, daß ihre Augen dabei leuchten, ihr Gesicht Vergnügen ausstrahlt und sie entzückt aufjuchzt, wenn der Fahrtwind ihre blonden Haare kräuselt. Na, und das freut mich, und ich frage mich, warum ich ihr diesen Gefallen nicht tun soll. Warum nicht? Sie will ja bloß ein bißchen herumfahren, und wir haben uns auch schon ganz gut aneinander gewöhnt. Ich weiß gar nicht, habe ich jetzt eigentlich über mich nachgedacht?

Schaumburger und Schaumschläger

Drei windige Hannoveraner saßen im Wirtshaus und nippten mißmutig am Pils. Die Geschäfte liefen nicht nach Wunsch. Sie betrogen zwar auf Teufelkommraus, trotzdem reichte das Geld überhaupt nicht. Dem einen fehlte der Zaster zur Abzahlung des Zweitsportwagens. Der zweite beklagte, daß er sein drittes Haus bald verscherbeln müsse. Und der dritte im Bunde jammerte, er gehe bald zugrunde, weil seine vierte Frau soviel Abfindung verlange wie ihre Vorgängerinnen alle zusammen.
Also beschlossen diese Herrschaften, als Bauernfänger ihre Kassen aufzubessern. Sie fuhren hinaus aufs platte Land.
Fuhren und fuhren und fuhren.
Wind riß haufenweise Blätter aus Buschwerk und Baumzeile entlang ihres Weges. Und scharenweise Vögel schwirrten dem gelbbraunen Geflatter hinterher. Buntes Laub wirbelte und dunkle Vögel zogen durch die Lüfte unterm bleichen Himmel. Übers weite, blasse Weideland. Hier und dort zwischen Zäunen grasten schwarzweißgefleckte Kühe. Weiter weg im aufkommenden Spätnachmittagsnebel waren sie nur noch schemenhaft zu erkennen. Schlammfarbene, abgetrocknete Maisfelder sirrten. Ein schwaches, milchiges Rund ließ die sinkende Sonne erahnen. Birken leuchteten am Weges-

rand, winkten mit zerzauster, schmutziggelber Krone.
Nichts von alledem nahmen die drei Reibachmacher wahr. Es wurde dunkel, als sie vor einem wuchtig breiten, roten Backsteinbau hielten.
Doch mal gucken, wer in diesem Landgasthaus rumhockt. An einem Tisch saßen drei Männer. Die Städter fanden gleich heraus, daß jene aus dem Schaumburgischen waren. Da sagten die trickreichen Geldscheffler sich, Schaumburger sind stille, zurückgezogene Landleute. Die werden leicht zu übertölpeln sein.
Und sie versuchten die drei vom Nebentisch aus in Gespräche zu verwickeln.
Der erste windige Hannoveraner erzählte vom schwarzen Gold seiner üppig sprudelnden Ölquellen. Wenn jemand dafür einige tausend Piepen flüssig hätte, könnte er nach wenigen Jahren das Zehnfache an Gewinn einsacken.
Ja, ja, nickte einer der Schaumburger und kippte noch einen Klaren.
Ja, ja. Wir haben nur ein bißchen mehr.
Die aus der Stadt sahen sich verdutzt an, wieherten wohlgefällig, und der zweite legte los.
Er sei ganz dick im Immobiliengeschäft. Seine Prunkbauten protzten an allen Punkten der Welt. Wenn man da einige zehntausend Mäuse reinstecken würde, hätte man sein Lebtag genug zu knabbern.
Jo, jo, sprach darauf ein anderer Schaumbur-

ger und kippte den Inhalt seines Glases hinunter.
Jo, jo. Wir haben nur ein bißchen mehr.
Da wurden die Städter ganz fickrig, redeten wild durcheinander von fleißig Reinbuttern und kräftig Absahnen. Bis der dritte von seinen hochkarätigen Diamantenminen zu berichten anfing. Dort schnell hunderttausend Kröten angelegt, das brächte Brillanten von märchenhaftem Wert und purpurnen Pomp fürs ganze Leben.
Jau, jau, näselte der, der noch nicht zu Wort gekommen war und goß sich schnell noch eins hinter die Binde.
Jau, jau. Wir haben nur ein bißchen mehr.
Den Bauernfängern verschlug's die Sprache. Bis einer von ihnen auf den Tisch haute. Dann zeigt uns doch mal dieses bißchen mehr. Die Gefragten stimmten stumm zu.
Man fuhr ein Weilchen, die Schaumburger vorn, die Hannoveraner hinterdrein. Auf einem Feldweg hielten sie alle an, von dort ging's zu Fuß weiter. Bei Nacht und Nebel stolperten die Stadtmenschen hinter den Landleuten her, schlitterten über nassem Laub, rutschten in lehmige Pfützen, krakselten durch mannshohe Runkelrübenhaufen, die seltsamerweise immer nur vor ihren Füßen sich türmten. Verschmiert sein? Kamen verärgerte, ungeduldige Fragen.
Die Schaumburger murmelten, Land sei gleich in Sicht. Statt dessen wateten alle bis zu den

Knien im Wasser, Schilfblätter schnitten schmerzhafte Risse in die schützende Hand. Endlich stiegen sie in ein Boot, zwei Schaumburger ruderten sogleich drauflos. Das Wasser perlte bei den kraftvollen Stößen von ihren Gummistiefeln.
Nun sei es mit der Geheimnistuerei aber genug. Begehrte einer auf. Er wolle Klarheit, wolle die sagenhaften Reichtümer jetzt zu Gesicht bekommen. Zu Gesicht? Gleich. Sagte der von der Bootsspitze. Wir sind mitten drin. Wir haben nur dieses bißchen Meer, das Steinhuder Meer.
Rübenäcker, Weideland und ein wenig Fischfang wären ihre Schätze. Und natürlich noch die Ruhe am Abend. Die Ruhe, das Ungestörtsein. Da schwante den Städtern Schlimmes. Und sie jammerten, sie säßen doch alle im selben Boot.
Aber nicht mehr lange. So die knappe Antwort. Wer ein rechter Schaumschläger sei, könne das gerade hier beweisen.
Damit warfen die Schaumburger ihre fuchtelnden Gäste kurzerhand ins Steinhuder Meer.
Die prusteten und zappelten und schlugen fürchterlich um sich.
Schlugen und schlugen und schlugen.
Zum Glück ist das Steinhuder Meer ein Binnensee mit einer mittleren Tiefe von anderthalb Meter. Und wer nicht die Richtung wechselt, erreicht allerspätestens nach drei bis

vier Kilometern das rettende Ufer.

Langsam schlängelnd wiegten armlange Aale in den Schlaf sich und träumten von ihren Kinderspielplätzen im Sargassomeer und bei den Bermudas. Auch die fetten Karpfen pumpten eintönig Wasser in die Kiemen, dösten wohlig aufgedunsen vor sich her.

Einige kapitale Hechte von über zwanzig Jahren schmatzten zwischen den spitzen Zähnen, hörten in der dunklen Ferne die Schaumschläger mit dem schrecklichen Geplantsche und drehten angewidert ab.

Ein Wels, das größte Tier in dem überaus fischreichen Steinhuder Meer, ein Wels von vier Zentnern Gewicht, ließ seine Muskeln, sein Fett über die volle Körperlänge erzittern. Der gewaltige Räuber maß über zwei Meter. Er fragte sich im Halbschlaf, ob er die fernen Ruhestörer nicht um ein Glied kürzer machen solle. Oder wenigstens den großen Zeh anknabbern. Er sperrte sein mächtiges Maul auf, in dem mühelos Ratten und Wasservögel verschwanden, beließ es dann aber bei einem gelangweilten Gähnen. Seine fleischigen Barteln vibrierten.

Die Schaumschläger aber waren heilfroh, als sie endlich das Ufer erreichten. Fortan mieden sie das Leben außerhalb der Stadt mehr denn je und suchten ihr Heil in der Politik, weil es hieß, dort könnten Bauernfänger und Schaumschläger noch schadenfrei auf ihre Kosten kommen.

Sie sollen sogar sehr hohe Tiere geworden sein.

War Schubart nie in Tatabánya?

Phantasiespiel

Donnerstag, den 13. Juli 1989

Kurz vor Mitternacht kam heftiger Wind auf. Riß an Zeltdächern, wirbelte Pappbecher durch die Gegend. Die Feierlichkeiten in der kleinen französischen Stadt drohten ins Wasser zu fallen. Nur ein Pärchen kümmerte der Wetterumschwung nicht im geringsten. Sie blieben auf der Tanzfläche, drehten weiter zu Walzerklängen ausgelassen ihre Runden. Im Sturm flatterte die Trikolore. Just zur gleichen Zeit gebar in einer süddeutschen Kleinstadt eine junge Frau ihr erstes Kind.
Die Zusammenhänge?
Man könnte die Mutter fragen, das Kind, das tanzende Paar, man könnte Cagliostro anrufen ... Um sich Rätseln zuzuwenden, reicht das Sehen nicht, das Hören nicht, nicht einmal das Begreifen. Und doch bleiben nur die Sinne. Drum während das fröhliche Paar noch tanzt, während das Neugeborene im Glaskasten seine Ärmchen bewegt, seinen Kopf dreht und erste Augenblicke von der Welt erhascht, vielleicht sogar den Erzähler schon wahrnimmt, beginnen seine Sinne zu erzählen.
Vieles in seiner Erzählung ist herbeizitiert. Aus längst vergangenen Tagen. Ohne als Zitat gekennzeichnet zu sein. Zahlreiche Aussagen, Bemerkungen, Einschätzungen fand er in der

deutschen, einer wahrhaft vaterländischen Chronik des Christian Friedrich Daniel Schubart. Vor und nach seiner Kerkerhaft schrieb und gab der politische Journalist dieses kritische Nachrichtenmagazin heraus. Bis zu seinem Tode 1791. Auch Darstellungen aus anderen Dokumenten flossen hier ein. Aus jenen und anderen Zeiten. Von allen auftretenden Gestalten taucht nur eine in den Schriften gar nirgends auf. Der junge Wendel Ohnesorg.
Viel an Geschichten und Geschichte bleibt unbenannt, weil wer sie erzählen könnte, es vorzieht, unerkannt zu bleiben.
ES WÜTETE aber im Jahre 1739, Christian Friedrich Daniel Schubart kam in Obersontheim zur Welt, die schreckliche Seuche in weiten Teilen des Königreichs Ungarn. Die Pest steckte ihre eitrige Fratze zur Tür herein. Zeigte, alle Menschen sind gleich.
In den Dörfern und Städtchen des Vértes-Gebirges, das man heute auf der Autobahn von Budapest nach Wien bei Tatabánya passiert, starben die Menschen wie die Herbstfliegen. Frauen, Männer, vor allem Kinder. Ungarn, Schwaben, Slowaken, Zigeuner.
Seit Beginn des Jahrhunderts siedelten immer mehr schwäbische Wirtschaftsflüchtlinge auch in der Vértes-Gegend, das sie Schildgebirge nannten. Hofften auf besseres Auskommen in dem von Türkenkiegen entvölkerten Land.
Im Jahr danach - Schubarts Eltern zogen mit

ihrem Sprößling nach Aalen, wo der spätere Dichter, Journalist, Musiker aufwuchs - ließ die Pest die Zügel locker, hinterließ zahllose Gräber.

Die Nachricht erreichte bald das Schwabenland. Viele sind tot. Höfe verlassen. Felder unbestellt. Die ungarischen Grundherren versprechen fünf zehntfreie, abgabenfreie Jahre den "neoadvenae Suevi et Francones", den neuangekommenen Siedlern aus Schwaben und Franken.

ES ZOG auch die Familie Ohnesorg aus Wurmlingen nach Ungarn. Ausgewandert "aus äußerster Not", wie es auf den Listen vermerkt ist. Eine der zahllosen Emigrantenfamilien des oberen Neckarraums. Als Gastarbeiter kamen sie. Und sollten für viele Generationen im Ungarland bleiben.

Wohin es die Ohnesorgs letztlich verschlagen hat, ist in den Büchern nicht verzeichnet. Oder wir haben nicht gründlich geforscht. Ob sie in die "Schwäbische Türkei" ausgewandert sind, wie das Gebiet südlich des Plattensees zwischen Donau und Drau genannt wurde? Ob sie am Vértes-Gebirge vorbeikamen, vielleicht unterwegs in die Budaer Berge? Wo sich Nachwuchs einstellte, wo die Enkel aufwuchsen?

Wir können's nicht genau eruieren.

Die Pflegeeltern behaupteten, ein Maurermeister Ohnsorg oder Ohnesorg hätte den kleinen Wendel bei ihnen zurückgelassen. Sie wohnten

in Alsogalla, von den schwäbischen Kolonisten Unter Galla genannt. Diese Gegend verließ Ohnesorg nach dem Bau der dortigen Barockkirche. Angeblich um in Buda etwas zu erledigen. Und sei nie wieder aufgetaucht. Verschollen, umgekommen, einfach abgehauen?
Alessandro Graf von Cagliostro, Alchemist und möglicherweise Anhänger des Geheimbundes der Illuminaten, berechnete viel später als Geburtsjahr Wendels 1768. Du bist ein typischer 68er und Wassermann dazu, sagte Cagliostro grinsend, aber mit ehrfurchtsvoller Anerkennung in der Stimme.
Er mochte recht haben. Denn die katholische Kirche von Alsógalla, inzwischen ein Ortsteil der Stadt Tatabánya, wurde nach den Plänen des Baumeisters Jakob Fellner gerade 1766 fertiggestellt.
Der Freimaurer Cagliostro behauptete allerdings auch, daß blaues Blut in den Adern Wendels fließe.
Doch wo war Cagliostro inzwischen? Die Haft in der Bastille hatte er hinter sich. Ja, das revoltierende Volk von Paris hatte die Bastille bereits gestürmt, geschleift. Wir schreiben das Jahr 1790, ein warmer, fast schwüler Tag im Juli brachte Gewitter und Hagel über Stuttgart.
ES KLOPFTE draußen, und der beleibte Mann im Sessel blickte verärgert hoch, ließ die Zeitung rascheln. Geh und frag, wer da ist,

sprach er zu seiner Frau. Heut ist mir nicht nach Besuch. Das Gedonnere hat alle Lebensgeister vertrieben.
Während Ehefrau Helene vor der Haustür mit dem Ankömmling sprach, kratzte Schubart sich im aufgedunsenen Gesicht. Welche Krankheit schlich da schon wieder unter den schmerzenden Wangenknochen heran? Und morgen soll die nächste Ausgabe der Chronik diktiert werden. Nein, heute kein Besuch.
Die Frau kam wieder, um zu berichten.
Da sei ein junger Mensch, der sich als Wendel Ohnesorg vorgestellt habe.
Ob mit oder ohne Sorgen, der kommt mir heut grad recht. Wenn er gleich wieder geht. Denn ich, ich habe Sorgen.
Er käme von Ungarien.
Was? Die Sprache spreche ich eh nicht!
Nein, er setze vorzüglich unsere Worte, es höre sich nur etwas fremd an in der Wirkung. Übers Theater wolle er sich mit dem Direktor des Schauspiels und der deutschen Oper in Stuttgart, so habe er sich ausgedrückt, beraten.
Dieser Sorglose gibt mir endgültig den Rest. Ich kann das Wort Theater nicht mehr hören! Und dann kommt einer auch noch aus Ungarn hierher ... Nein, nein, nein! Heute nicht. Über Theater überhaupt nicht. Woher weiß der, wo wir wohnen?

Er wäre in Aalen gewesen, in der Roßstraße. Die hätten ihm erzählt ...
Was sucht dieser Sorgenbringer in Aalen! Kruzitürken aber auch. Soll er in Gottes Namen nur hereinkommen. Ich werd ihn schon zum Verschwinden bringen.
ES TRAT Wendel Ohnesorg in die Schubartsche gute Stube. Ein schlanker, schwarzhaariger Jüngling. Schmales, stoppelbärtiges Gesicht, tiefe Augen, eindringlicher Blick.

In der Mitte des Raumes, hinter einem großen, schweren Tisch, auf dem allerlei Journale lagen, saß im großväterlichen Sessel der Dichter, der rebellische Berichterstatter. Einundfünfzigjährig, grau, behäbig, fett. Gezeichnet von zehn Jahren Kerkerhaft. Als politischer Gefangener des württembergischen Herzogs. Seit drei Jahren wieder frei. Gezeichnet aber auch vom Saufen. Vom täglichen Viertelesvergnügen. Bloß in zigfacher Menge. Nach der Haftentlassung döller als davor.
Wendel sah in das schwammige Gesicht, in die munter leuchtenden Augen. Sah Brandmale einer Zeit, für die man zu früh dran war, zu früh da.
Die widerlichen Spuren der Folter spiegelten sich nur im Augenlicht nicht, das blieb ungebrochen. Vielleicht leuchtete da auch ein Die der Journalist Schubart schon fünfzehn

Jahre zuvor praktizierte. Bis er dann saß. Ohne Prozeß. Eingelocht. Eingebuchtet wegen frecher Schnauze, allzu demokratischem Maulwerk. Der Dichter hätte gefährlich, aufrührend gefährlich werden können.
An der Wand hing das Portrait des französischen Revolutionärs Danton. Darunter das Weib, die Hände gefaltet vor dem schlichten Rock. Fürsorglich, abwartend, mißtrauisch. Was mag der Fremde wollen? Es kommen zwar häufig Besucher zu Schubart. Schließlich ist er eine Berühmtheit. Symbol des Kampfes für bürgerliche Freiheiten. Wenn auch nur noch ein Schatten seiner selbst. Aufgeblähter Schatten. Empfindsam zucken seine Nerven. Wie Fühlkraut. Mal freut er sich über jeden, der ihm die Ehre erweist. Wenn auch die Großen wie der Schiller sich nicht mehr melden. Stattdessen öfters Saufbrüder. Die ihn von der Arbeit abhalten. Zeitweilig will er wieder niemanden sehen. Hoffentlich geht dieser Ruhestörer bald. Mein Mann hat schließlich Arbeiten zu verrichten. Mein Mann saß zehn Jahre im Gefängnis. Mein Mann ist krank. Mein Mann ist müde. Mein Mann ist verbraucht. Sein Feuer erlösche ganz, wenn nicht ich ihn pflegte. Alle wollen mir meinen Mann wegnehmen. Früher fesche Mädels, die Schlampen. Dann raubt ihn mir der Herzog. Seine Arbeit, seine Berühmtheit stehlen ihn mir fort, immerfort. Und der Alkohol. Und die

Besucher. Zuletzt gehört er dem Tod. Nur mir, nur mir gehört mein Mann nie. Hoffentlich geht dieser Fremde bald.
Wendel Ohnesorg, nachdem er seinen Blick hat kreisen, kurz auf Schubart und seiner Frau ruhen lassen, senkte den Kopf. In den Händen hielt er einen großen Beutel. Sagte leise, was er zuvor der Frau schon draußen erzählt hatte. Und fuhr fort.
In einem Neujahrswunsch haben Sie die Genügsamkeit der Dichter gepriesen. Gott erhalte meinen Witz, mein Mädchen, Weinflasche und Rock. Schrieben Sie. Das genüge dem Dichter.
Also habe ich etwas aus den Weinkellern meines Landes Ihnen mitgebracht. Oho, rief Schubart.
Aha, murmelte mißmutig die bessere Hälfte.

***

Schubart räumte die Journale, Zeitungen, Blätter aus halb Europa beiseite. Frau Helene räumte das Feld, nicht ohne deutlich hörbar zu bemerken, daß mal wieder ein rechter Bube gekommen sei, mit dem es sich gut Gläser ausleeren lasse. Und daß er doch hoch und heilig versprochen habe, wenigstens an den zwei Abenden vor Fertigstellung der Chronik einen nüchternen Kopf zu behalten. Vernachlässige ja schon seine Aufgaben als Direktor, komme das ganze Jahr nicht ins Opernhaus.

Nun werde er sich bald um gar nichts mehr kümmern. Nachmittags schon Spitzbuben, Saufbolde.
Wendel Ohnesorg machte Anstalten, sich zu verabschieden. Doch Schubart bat ihn an den Tisch, bat ihn, nicht auf das Weibergeschwätz zu hören. Ohnesorg unschlüssig, verlegen. Bis er am Kragen gepackt wird. Spöttelnd, derb der Dichter. Keine Sorge, Ohnesorge. Sie sind jetzt mein Mann. Jetzt wird erzählt, berichtet, diskutiert. Wann wiederholt diese vortreffliche Gelegenheit sich?
Die paar Tropfen werden uns auch nicht den Garaus machen. Mein Bauch ist doch nur ein Magazin des Todes.
Die in Korb geflochtene, bauchige Flasche wurde entkorkt. Heller, honigfarbener Wein in Zinnbecher gefüllt.
Nach den ersten, süffisanten Schlucken blinzelte der Gast.
Für dieses Mitbringsel mußte ich schwer Buße tun.
Fragend Schubarts Gesichtsausdruck.
Ungarn ist ja mehr oder minder eine Kolonie der Österreicher. Die türkischen Paschas waren noch nicht vertrieben, schon machte Habsburg in Ungarn sich wieder breit. Eine Zollbestimmung besagt, daß man nur ungarischen Wein ausführen darf, wenn man die gleiche Menge des österreichischen Rebsaftes auch an den Mann bringt.

Nur wollt ich keinen zusätzlichen Ballast mit mir schleppen. Gleichzeitig bin ich dank schwäbischer Abstammung nicht gerad ein Verschwender. Trank also vor den Augen der österreichischen Zöllner die fünf Pflichtflaschen ihres Alpenweines aus. Ich hoffe nur, die armen Teufel haben auch Besseres zu trinken. Jener Tag war jedenfalls nicht mein allerbester. Wenn ich auch keinen Tropfen verschenkt habe.
Gutgelaunt hörte Schubart zu.
Vor Fremden versteckte er sich zwar eher. Dieser hier schien wohltuenden Einfluß auf die Pein in seinen Knochen auszuüben. Von den ersten zwei Bechern konnt's noch nicht gekommen sein.
Offenherzig wie ein Kind schloß er Arme und Seele diesem Jungen mit seltsam leuchtenden Augen auf, der auf Anhieb den Dämon der Hypochondrie in ihm gebändigt hatte.
Nach weiteren Schlucken einigte man sich auf ein freundschaftliches Du. Der Hausherr konnte Förmlichkeiten nicht lange ertragen.
Vorerst galt sein Interesse besonders dem Herkunftsland Wendels und natürlich - das schmeichelte ihm - wie der junge Mann auf die Idee gekommen sei, ihn in Stuttgart aufzusuchen. Auch von seinem Leben hätte er gern mehr gewußt. Er sei wohl ein außergewöhnlicher Mensch. Nur vom Theater solle er kein Sterbenswörtchen erzählen.

Das sei ihm dermaßen zuwider. Ekle ihn an.
Wendel schaute in die großen Augen unter schweren Lidern. Sein schmaler Blick, als ob er sagen wollte, er werde die Puppen schon noch tanzen lassen.
Freudig erstaunt war Schubart, als er hörte, daß Exemplare seiner Chronik im Gepäck schwäbischer Siedler auch nach Ungarn gelangt waren. Wendel hatte sie eifrig studiert.
Schließlich wurde die aktuelle Chronik gar im Petersburg der großen Zarin Katharina gelesen.
Im Spiel der Fragen und Antworten ergab es sich, daß Wendel die Themen schnell zwischen leeren und vollen Bechern wechselte. Vom Besuch in Aalen erzählte er, den herzlichen Gruß von Schubarts Bruder, dem dortigen Stadtschreiber, nicht vergessend.
Wie er von weitem schon den runden Diebesturm und den kantigeren von St. Nikolai hinter der hohen Stadtmauer erblickte. Dann in den Gassen vom durchfließenden Wasser stinkig nasse Füße bekam.
Von der herrlichen barocken Abteikirche des Balthasar Neumann bei Neresheim schwärmte er. Mehr noch von den kürzlich entstandenen Deckengemälden des Martin Knoller. Farben und Licht des Härtsfelds, durch das er mit Wonne gewandert, seien in unnachahmbarer Weise in den Kuppelgemälden vereinigt. Wie wenn der Wind des Mittags alle Schattierungen aus den Dinkel- und Hirsefeldern gerade-

wegs unter die Kuppeln geblasen hätte. Und kornblumenblaue Töne hätten ihn betört. Wie der Knoller nur mit einem blauen Band, einer einfachen Kopfbedeckung das Blau im Gesamtbild zum Leuchten bringe! Das Fresko "Die Austreibung der Händler aus dem Tempel", der peitschenschwingende Jesus, habe ihm am meisten gefallen. Er liebe dieses Thema. Die Auspeitschung der Krämerseelen aus den Tempeln sei stets aktuell. Auch Musentempel vertrügen alle Jahrzehnte wieder, daß gründlich aufgeräumt werde. Mit Heuchlern, Absahnern, dem Kunstwucher. Schubart nickte eifrig, schenkte nach.

Dann wieder glitt das Gespräch von Kunst zu Politik über. Zu der Belagerung Belgrads im Vorjahr. Dessen Befehlshaber Osman Bassa nannte Schubart einen weisen, mutvollen Mann.

Trotzdem würden die kaiserlichen Heere die Türken wohl bald aus ganz Europa drücken. An die Fünfzigtausend seien bei nur einer Schlacht im Junius teils in den Orkus gesendet, teils in Gefangenschaft geraten. Das Blut auf den Gefilden Ungariens gerinne mal wieder zur stehenden Lache.

Das Blutvergießen, hakte Wendel ein, dauere doch weit über zwei Jahrhunderte. Verödet waren ganze Landstriche. Blutgetränkt, menschenleer. Bis heute. Die Türken aber, die Türken würden einmal wiederkommen. Friedlich

in Europa Fuß fassen. Ihre Basare in Preußens Herzen gar errichten.
Da lachte Schubart laut. Ob Wendel der Wein zu Kopfe gestiegen sei? Der grimmige Osmane in Preußen!
Wendel schmunzelte.
Das war nur eine der Weissagungen seines Lehrers. Sie sprach von großen Umgestaltungen, Massenwanderungen. Jahrhunderte lang. Ununterbrochen. Bis zur kommenden, peitschenschwingenden Seuche. Irgendwann im nächsten Jahrtausend. Alles unvergleichlich größer als etwa die Schwabenemigration. Das wären Stoffe auch für sein Theaterstück.
Schubart unwirsch. Von Theater werde nicht gesprochen. Aber die Schwabenemigration, die währe doch schon seit Beginn des Jahrhunderts. Darüber wolle er gerne mehr erfahren.
Wendel erzählte von den Werbern in Schwaben und Franken, die das landreiche, aber menschenarme Ungarn als ein kleines Paradies anpriesen. Erzählte von verschiedenen Auswanderungswellen, vom bescheidenen, aber erträglichen Leben der schwäbischen Siedler, vom ertragreichen Acker- und Weinbau, von Hochzeiten, Toden. Längst sei man nicht mehr Gast, führe das Leben wie einst am Neckar, Kocher oder an der Donau. Einiges wohlhabender vielleicht.
Wie denn die Menschen untereinander sich vertrügen?

Meist kämen Emigranten und Einheimische gut miteinander aus. Es seien sogar viele Söhne deutscher Eltern in den Kämpfen gegen die Türken an der Seite der Magyaren gefallen. In den Dörfern wohne man in außen geweißten Häusern, neuerdings mit Veranda-Anbau. Der Blick geht auf die Blumen des Hofes. Kätzchen balgen unterm Flieder, die Henne zeigt den Küken, wie man im Misthaufen scharrt. Der Haushund gähnt gelangweilt, wohl wissend, daß alle diese Geschöpfe unter seinen Schutz gestellt sind, falls aus den Büschen weiter hinten ein frecher Fuchs die Ruhe stören wollte. Auf so einer schattigen Veranda läßt sich nach hartem Tagewerk draußen auf dem Feld köstlich der kühle Wein genießen.
Schubart schenkte nach.
Die Hoftore oft mit Holzschnitzereien verziert. Ziehbrunnen, die werde Schubart gar nicht kennen, etwas typisch Ungarisches, in jedem Hof.
Und es gibt keinen Fremdenhaß, etwa wegen anderer Sitten, anderer Sprache?
Nun, die Schwaben sind vor der Not im eigenen Land geflohen. Sie stellen keine großen Ansprüche. Den Ungarn ist's recht, wenn verwüstete Gegenden wieder urbar gemacht werden. Solange man aufeinander angewiesen ist, ergeben sich die wenigsten Reibereien.
Wenn Unbill drohe, dann doch von der großen Politik. Viele Magyaren nehmen dem Sohn Ma-

ria Theresias übel, daß er Deutsch als Amtssprache in Ungarn einzuführen gewillt sei. Damit verscherze sich Habsburg weitere Sympathien.

Dabei, so Schubart, ist Joseph ein hervorragender Kaiser. Auf ihn blickt ganz Germania und nennt ihn nicht Beherrscher, sondern ersten Bürger.

Dazu wolle sich Wendel ungern äußern. Aber Germanisierung lehnten die Magyaren, die Bauern und Bürger zumindest, mit Entschiedenheit ab. Fremdarbeiter ja, Fremdherrschaft nein danke.

Schubart, Prophet der Freiheit, der die liberté mit Feuergesängen aus der Zukunft in die Gegenwart locken wolle, er gerade müßte die Ungarn gut verstehen.

Gegen die Herrschaft der Pforte kämpften sie einhundertfünfzig Jahr. Nun gegen Habsburg. Dieses Volk wird nicht Ruhe geben, bevor es nicht die Unabhängigkeit erlangt hat.

Und dann? frozzelte Schubart. Und dann erscheint die nächste Großmacht. Und sie dürfen deren Stiefel lecken, bis sie schwarz werden. Ja, dieses ungeheure Rad, sich ständig drehende, alles zermalmende Rad von Unterdrückung, Elend, Emigration, Aufstand, Freiheit und dann wieder Unterdrückung, Elend, Emigration, Aufstand und so weiter, das wolle er in seinem Stück beschreiben. So Wendel. Und Schubart schroff, noch sei's ihm immer nicht nach Theater.

Das Gespräch stockte für einen Moment.
Oh Schubart, Schubart, du müßtest einmal nach Unter Galla kommen. Im Wirtshaus nahe der kleinen Barockkirche zechen wir dann, sehen über den Gartenzaun auf Sonnenblumen und entwerfen das Bild von der immerwährenden Freundschaft zwischen Menschen aller Städte und Staaten.
Ich glaube nicht, daß ich dort je hinkommen werde. Wo liegt Galla nochmal?
Nicht weit von der Stadt Tata. Wenn man von Wien nach Buda reist, kommt man dran vorbei. Du wirst sicher einmal dort einkehren.
Schubart runzelte unschlüssig die Stirn. Will er mich auf den Arm nehmen?
Wendel sah so harmlos aus. Ein Wanderpoet auf der Suche. Beim Versuch, sein Theaterstück auf die Bühne zu bringen? Nun gut. Man spürt, der war von einer anderen Welt. Nur daß er es nicht zugeben will, dachte Schubart.
Doch, doch, das ist kein Witz. Andere Schwaben, andere Franken, aus anderen Gründen als jetzt werden kommen. Du wirst dabei sein. Und dich, dich wird man verehren, von Alsógalla bis Tata, vom Neusiedlersee bis Siebenbürgen. Denn eines mußt du wissen. Mehr als alles in der Welt verehren die Ungarn die Dichter. Wenn es Dichter der Freiheit sind.
Ich glaube, mein lieber Wendel, du sprichst gerade sehr in Rätseln. Man könnte meinen, du

seist illuminiert. Andere reden wie du, wenn sie bezecht sind. Du hingegen scheinst mir eher einer zu sein wie ich. Daß du trinken kannst, bis die Haare rauchen.
Dem kann aber, mein lieber Wendelvandale, sogleich Genüge getan werden. Wir nehmen eine Droschke. Kutschieren etwas durchs biedere Stuttgart. Und du wirst überrascht sein, wo wir dann landen. In Amerika nicht.
Die Blicke Helenes aus dem Türrahmen sagten alles, als der alte und der junge Dichter Arm in Arm das Haus verließen.

***

Leicht schaukelnd saßen sie in der Kutsche nebeneinander, und Schubart sagte, er kenne noch immer nicht das Alter seines jungen Freundes.
Ich bin wahrscheinlich zweiundzwanzig.
Und wie alt bist du unwahrscheinlich?
Meine Pflegeeltern in Alsógalla haben mich seit dem zweiten, höchstens dritten Lebensjahr aufgezogen. Mein Vater ist damals verschollen. Daß ich 1768 auf diese Welt gekommen bin, daß meine Mutter eine ungarische Gräfin gewesen sein soll, das alles las in meiner Iris mein Lehrer Cagliostro.
Schubarts gerötetes Gesicht verblüfft. Fast hätte er die gepuderte Perücke vor Erregung sich vom Kopfe gestreift.

Was, du kanntest persönlich diesen sonderbaren Grafen? Stets staunte ich über seine phantastischen Flüge durch die Welt. Seine Abenteuer und Reichtümer. Über sein angeblich 300jähriges Alter. Wer von solch magischem Schleier umhüllt ist, der hat den Stein des Weisen und Salomos Ring. Oder keiner.
Wendel nachdenklich.
Was heißt schon kennen? Cagliostro kann man nicht kennen. Man mag ihn anerkennen oder verdammen. Vielleicht auch beides zur gleichen Zeit.
Ähnlich - unterbrach Schubart - habe ich an Schiller geschrieben. In einem Brief erzählte er von Plänen, über Geisterseher, auch über diesen aus Palermo, einen Roman verfassen zu wollen. Darin den Sizilianer als Scharlatan zu entlarven. Ich riet ihm, nicht voreilig zu urteilen.
Darauf Wendel. Auch jenseits unsrer Vernunft gibt's Phänomene der Wahrheit. *Aufklarung* heißt nicht, daß alles zuvor nur im Dunkeln lag. Vieles an Erkenntnis hängt von der Stufe der eigenen Blindheit ab. Von wo aus man Morgendämmerung betrachtet.
Wieder Schubart. Jenseits unsrer Mutterwelt mag's Gegenden geben, wohin nur Fantasiereisen, Seelenwallfahrten führen. Fantasiereisen und Seelenwallfahrten, wie ich sie gelegentlich auch in meine Chronik hineinschrieb.
Und was antwortete Friedrich Schiller? Hat er

den angekündigten Roman fertiggestellt? Will Wendel wissen.
Das, mein Lieber, entzieht sich meiner Kenntnis. Er schrieb ja nur, er habe damit angefangen. - - - Ein betagter, behäbiger, versoffner Rebell genießt nicht mehr die Bedeutung wie jener Anreger. Der den Stoff für die Räuber dem jungen Friedrich in die Feder diktiert hat. Ja, viele verehren einen Kerker-Barden. Bloß wenn es ihn nach zehn Jahren Haft auch etwas nach der Sonnenseite des Lebens verlangt, er den gut dotierten Posten als Hofdichter, diesen ekelhaft gut besoldeten Posten als *herzoglich wirtembergischer Theaterdirektor* annimmt, wenn er Schleim schleckt auf seine alten Tage statt weiter Schimmel und Moder von der Gefängniswand zu lecken, das nehmen sie einem übel. Möcht sehn, die Großmäul, was sie täten, wenn sie die zehn Jahre auf dem Asperg hinter sich haben. Ich red gar nicht von Schillern oder Goethen. Man geht eben zu Hofe. Es gibt Möchtegernrevoluzzer, die außer ihrer eigenen Fresse nie etwas Schlimmes ertragen mußten. Überhaupt, überhaupt anerkennt man den Dichter am ehesten, wenn er im Kerker darbt. Oder verreckt ist. Sogar Kollegen und begabte Köpfe fühlen sich dann erst in Sicherheit. Vor seinem Einblick, vor seiner unerbittlichen Wahrheitssuche.
Schubart stutzte. Daß ich dir das alles erzähle! Denken tu ich's manchmal, doch auszusprechen

- - - lohnt sich's kaum. Hast du etwa auch magische Kräfte, die die Zunge lösen? Oder ist ungarischer Wein ein Zaubertrank? Wir sind halt mächtig illuminiert, wir Dichter. Erzähl jetzt aber geschwind von dem Grafen Cagliostro.
Ich habe nur knapp zwei Monate in seinem Haus in Rom verbracht. Voriges, nein vorvoriges Jahr. Er hat mir manche seiner Geheimnisse gelüftet. Die meisten sicherlich nicht. Bei Messen mit ägyptischen Riten versuchten wir in Vergangenheit und Zukunft zu tauchen. Er riet mir, ich solle Wanderungen über die Beschränktheit und Enge der jeweiligen Zeit hinaus wagen. Ob ich's kann, ist ungewiß. Ob er es konnte, läßt sich auch nicht beweisen. Viel Humbug, das gestand er, wurde provoziert. Weil Leichtgläubigkeit und Dummheit danach verlangen. Nach schwarzen Messen, Tellergeklapper. Viel Theater mit Satan und der ganze Quatsch für die Blöden. Aber warum soll man Menschen nicht ausnehmen, wenn sie schier versessen darauf sind. Den albernen, platten Spektakel ziehen sie doch immer den Wundern der tausendfältigen Welt, der geheimnisvollen, vor.
Von diesen Zukunfts-Schauen wollte ich Aspekte in meinem Stück darbringen.
Schubart murmelte etwas. Mißmutig. Oder doch bereits interessiert?
Aber als Wendel dann gerade zur Schilderung

der Gefangenschaft Cagliostros 1786 in der Pariser Bastille ansetzte, unterbrach ihn Schubart.

Die Bastille, diese Schauerklause! Endlich zertrümmert der Tyrannenkerker. Was für ein wunderbares Volk, die frohen Gallier!

Nun war Schubart in Fahrt. Während die Kutsche gemächlich auf Stuttgarter Pflaster dahintrottete, war sein Redeschwall nicht zu bremsen.

Ja, als das Volk von Paris am 14. Julius vergangenen Jahres die Bastille stürmte, diesen Ort des hageren Jammers, des bleichen Elends, des stieren Wahnsinns, der wilden Verzweifelung, das war wie ein Vorspiel des jüngsten Tages!

Das, das war ein Schauspiel, auf das die Welt mit Erstaunen geblickt hat. Das war der stärkste Auftritt. Den höchstens der Geist eines Shakespeares oder Schillers ganz darzustellen vermöchte.

Wenn du, mein Wendelvandale, wirklich ein Theaterstück schreiben willst, dann kann es nur über den Kampf für die Freiheit gehen. Wir müssen den Staub der Sklaverei endlich ganz abschütteln, ganz und gar. Oh Freiheit, Freiheit, Silberton dem Ohre! Einst warst du auch in Deutschland heimisch. Lang ist es her. Nun bautest du dir ein leichtes Zelt in Kolombus neuer Welt. Denn schwere, prunkvolle Paläste haben dich stets erdrückt. Eher fand

man dich in Hütten. Gebückt. Aber lebendig.
Überall sieht man in den Vereinten Staaten die Paradiesfrüchte der Freiheit. Teils in der Blüte, teils in der Zeitigung. In Amerika hat die Freiheit ihr Heiligtum vollendet. Die neue Konstitution steht wie ein Turm da. Tief gewurzelt in die Erde, mit den Spitzen die Wolken durchstechend.
Hier schien es Wendel, als würde Schubart tatsächlich Glockentürme einer künftigen Freiheit erblicken. Amerika und Rußland seien die großen Mächte der kommenden Zeit. Versicherte Schubart und fuhr fort.
In den letzten zwölf Monden haben die Franken nun auch ihren Freiheitsstempel nahe an die Vollendung gebracht. Die Erklärung der Rechte des Menschen und Bürgers war ein gewaltiger Schritt. Man lese nur im Artikel eins. Alle Menschen haben einen unwiderstehlichen Trieb, ihre Glückseligkeit zu suchen. Was für wohlklingende Worte in einer Staatsbibel. Glückseligkeit. Und weiter. Jede Regierung muß die allgemeine Glückseligkeit zum Endzwecke haben. Oder Artikel drei. Die Natur hat die Menschen frei und einander gleich an Rechten gemacht. Frei und glückselig.
Wendel schaute in die feucht leuchtenden Augen des Dichters. Jetzt verstehe er nur umso mehr, warum Schubart sich das Portrait des Revolutionshelden Georg Danton in die Stube gehängt habe.

Danton! Schubart hielt sich vor Lachen. Seine Gefühle konnten wie beim Kind im Nu umschlagen.

Das ist nicht Danton, mein Vandale. Das bin ich auf dem Bild! Und er brüllte schier.

Ja, wenn da eine große Ähnlichkeit sogar im Äußeren mit Danton gegeben sei, so wäre Schubart vielleicht auch ganz der Mann für eine Revolution in Deutschland. Wann werde man seine Stimme in einem deutschen Senat donnern hören?

Da wirkte der Angesprochene plötzlich sehr müde, sehr matt. Sein Doppelkinn hing schlaff, die Augen schauten vergeistigt. Nirgendwohin.

Das alles, mein Wendel, werden jüngere ausfechten müssen. Die Enkel. Natürlich, das wisse er, Wendel, selber, daß Aufgaben in den Freiheitskämpfen auch den Ur-Urenkeln genug bleiben. Aber jetzt ...

Nein, nein. Winkte Schubart nochmal schmerzlich ab.

Ich habe, was ich konnte, getan. Etliche Jahre früher, ich wäre vielleicht auf die Barrikaden gegangen. Dann hat man mich geistig, seelisch aushungern lassen. Hat dafür meinen Körper gemästet.

Vielleicht ihr Jüngeren werdet den nötigen Hunger bewahren, statt alles in euch reinzufressen, alles zu schlucken. - Vor einem Jahr besuchte mich ein Jüngling. Ganz von Freiheitspoesie durchdrungen. Der liebe Junge stammelte nur immerfort, was es für eine Freude wäre, mich als Freund zu haben. Nein, nein. Ihr müßt schon ohne Großväter die Revolutionen machen. Härtelin oder Hölterlin, so ähnlich war sein Name. Begabter Poet. Vielleicht wird er einmal den Weg zur vaterländischen Umkehr, zur Revolution weisen. Du solltest ihn kennenlernen. Studiert in Tübingen. Du findest ihn im Stift.

Und glaubst du, Schubart, der Hölterlin oder ein andrer, weiß jenes Freiheitslied der Revolution zu singen, in dessen Namen auch noch in zweihundert Jahren keine Köpfe rollen, keine Massaker stattfinden? Ach Wendel, du Wendelin, niedlicher kleiner Vandale. Kein Tyrann lebt, kein Imperium währet ewig. Einmal fallen alle. Auf die Schnauze, auf die pralle.

Ich habe auch in der Chronik ausführlich die Anarchie, das Chaos geschildert, welche mit dem bürgerlichen Krieg einhergehen. Das sind grauenvolle Taten. Die Greuel des Despotismus werden immer wieder fürchterlich gerochen. Je länger Unterdrückung dauert, je mehr der Mensch zum Untier verkommt, umso schrecklicher wird die Pöbelkanaille wüten.

Die Zerstörungswut in einer Gesellschaft ist ein Maßstab dafür, wie viel oder wie wenig Glückseligkeit verwirklicht wurde. Schaust du eben nach rechts, siehst du die Karlsakademie. Danach fahren wir am Comödienhaus vorbei.

Sie rollten über einen großräumigen, breiten

Platz, in dessen Mitte eine Laterne brannte. Wendel sah die vier Säulen vor dem Portal des Theaters, im neuklassizistischen Stil erbaut. Kutschen fuhren vor, eine lange Reihe stand schon vor der Auffahrt.
Was wird gegeben?
Die Vorstellung dürfte gleich zu Ende sein. Nach dem großen Andrang zu urteilen kann es kein Mozart gewesen sein. Der geht nämlich bei uns nicht. Ich denke, man spielt mal wieder einen dieser amüsanten Schwänke. Je schneller wir hier wegkommen desto besser. Man könnte mich erkennen, stellen. Fürchterliche Vorstellung.
Eine Weile saßen sie schweigend, zurückgelehnt. Die Räder quietschten, eierten. Der Eisenbeschlag der vier Pferdehufe schlug hell, rhythmisch den Takt auf dem Kopfsteinpflaster.
Jetzt wagte Wendel sich vor. Ich wüßte schon einen guten Auftakt fürs Theater. Wie heißt doch dieser Fisch - mir fällt gerad nur das ungarische Wort pisztráng ein -, der flink die Bäche hinaufhuscht?
Du meinst die Forelle?
Ja, natürlich! Also, erste Szene. Eine schaukelnde Kutsche. Schubart auf dem Weg zur Probe. Eines neuen Stückes. Titel vielleicht "Totentanz". Lange hört man nur den Hufschlag der Pferde. Dann beginnt leise der Kutscher ein Lied zu singen:

In einem Bächlein helle,
Da schoß in froher Eil'
Die launige Forelle
Vorüber wie ein Pfeil.
Du weißt, wie dieses Volkslied geht. Von der Zeit. Die fließt. Und dem Fisch. der mit der Zeit fließt. Und gleichzeitig wie ein Pfeil die Strömung durchschneidet. Auch ein Totentanz. Und du weißt, mein lieber kleiner Vandale, daß selbiges kein Volkslied ist. Sondern von mir höchstpersönlich gedichtet.
Mir wohl bekannt. Aber du weißt, Schubart aus Ala, du Erzvogel im Mausen, daß dies Lied trotzdem nur noch Volkes Lied sein kann. Mit gespielter Wut schüttelt der beleibte seinen schlanken Nebensitzer.
Ich vertrag ja einiges, du Sorgenkind der Vandalen. Aber eins muß man dir lassen. Einen größeren Künstler im Schmeicheln und Überreden hab ich selten getroffen. Du mit deinem Totentanz-Theater. Und zwei Zuschauer pro Vorstellung. Die Zukunft gehört den Weibern. Fünfzig Schriftstellerinnen gibt es bereits in Deutschland. Auch in Frankreich ist Hochton unter den Damen. Portugals erster Dichterkopf ist ein Weib, in Rußland leitet eine Dame die Akademie. Schreib etwas mit Weib, Wein und Gesang. Dann hast du alle auf deiner Seite. Und zweihundert Jahr volles Haus.
Ach, Wendelvandale, hör nicht auf den alten, vertrockneten Revolutionär. Diese gelehrten

Weiber schockieren einfach. Außerdem bin ich viel zu nüchtern. Und wir sind am Ziel. Laß uns im "Adler" einkehren, für feuchte Kehlen sorgen. An Publikum für dein Stück wird's auch nicht fehlen.

***

Ha, jetzt leck mich am Arsch, da kommt doch der Schubart. Mit dir Hofpoeten haben wir heut gar nicht gerechnet.
Begrüßung im "Adler". Gesprochen von einem Fettwanst namens Leopold Baur, Dachdeckermeister und getreuester Zechkumpane des Theaterdirektors.
Pikiert blickt der brave Bürger hinüber zu der ausgelassenen Runde. Denkt sich sein Teil über diese Dichter und Künstler. Denkt auch Monarchie statt französischer Zustände.
Hoch leben alle epikuräischen Schweine, erwidert Schubart lauthals den Gruß. Dann redet er mit dem Wirt ein Wörtchen. Gib fei acht, daß kein Glas leerbleibt. Sonst bleibt nämlich dein Gasthaus auch leer. Weil wir uns eine andere Stammkneipe suchen.
Wirtshausszenen. Der "Adler" am Marktplatz von Stuttgart ist freilich günstig gelegen. Eine illustre Gesellschaft kommt hier zusammen. Oft ebenso Handwerker dabei wie Gelehrte, Studenten und Jungliteraten, auch mal Winzer oder andere Bekannte des Wirtes. In dieser

Stammtischrunde sind der Hofdichter und der Dachdecker die Wortführer.
Stühlerücken, Platz machen.
Wen hat unser werter Bühnendirektor da aufgegabelt? Doch nicht einen neuen tragischen Mimen?
Und Schubart haut auf den Tisch.
Wenn ihr mit der Rölpserei mal für einen Augenblick aufhören könntet, stell ich euch den Wander-Poeten Wendel aus Vandalien - Verzeihung aus Ungarien vor.
Benutzt der Löffel? Ruft einer. Oder fressen die Hunnen noch mit den Händen?
Mitten im allgemeinen Gelächter klopft Schubart erneut auf die schwere Tischplatte.
Er wird uns rezitieren. Nicht Goethen, den kann ich besser. Sein Theaterwerk handelt von einem großen Popanz.
Alle johlen. Was für'n Mummenschanz?
Nicht einfach, in diesem Ausbruch von Kreativität sich Gehör zu verschaffen. Also leert man vorerst einige weitere Flaschen.
Bis Schubart wieder eingreift.
Was die Herren von einem Stück mit dem Titel "Totentanz" hielten.
Manche halten sich den Bauch. Andere lächeln voll Arroganz.
Wendel erhebt sich, redet langsam.
Eine schaurige Schau, wie kein Hieronimus Bosch je geboten hätte. Man könne die Szenenfolge auch nach dem Schauplatz benennen.

Ein Caféhaus im Jahre 2068. Also "Café der Emigranten".

Wenn's dort Weiber gäb und Musik, wär's ein hervorragendes Stück. Aber Emigranten? Stören doch überall bloß. Transsylvanentanz. Schmeiß sie raus aus deinem Stück. Nenn's Caféhaus zum heimischen Glück.

In diese Burschenherrlichkeit hinein bemerkt einer, Gotthold genannt, daß man dem Zugereisten Gelegenheit bieten solle, sich zu erklären und was er schreiben wolle.

Unruhig bleibt's trotzdem, nicht frei von Frozzelei. Aber Wendel kann einige seiner Ideen grob skizzieren.

Die Gegend schauerlich, atemlose Zeit, als ob die letzten hundert Jahre immer stärkere Wirbelwinde durchs Land gezogen wären. Weggeblasen, unendlich weit jede Glückseligkeit. Im Caféhaus treffen sich Geflohene aus zahlreichen Ländern. Wie wir hier, sitzen Araber, Russen, Franzosen, Türken, auch Schwarze oder Rote, vielleicht sogar ein Schwabe aus Batavia. Schubart nickt.

ES WÜTET die schrecklichste Seuche, die man sich denken kann. ZIEHT verheerend einher. KLOPFT an jede Tür. TRITT ein, fordert Tribut, raubt den Atem. Verschlingt langsam die Zeit, bis sie aufgezehrt ist, bis es sie nicht mehr gibt.

Du willst demnach eine Schilderung der Pestilenz geben? Fragt Schubart.

Nein, nein, es werden Szenen sein, die in die Zukunft schauen.
Stimmengewirr.
Eine Seuche? Was für eine Seuche?
Ich weiß es, fährt Schubart dazwischen. Die Seuche ist ein Untier von amphibischer Art, das zu Wasser und zu Lande Verheerungen anrichtet. Es ist der Beelzebub und sein ganzes finsteres Gefolge. Es ist der abscheuliche Geldwucher, den dieser Adam Smith auf so hervorragende Weise verteidigt.
Halt, Schubart. Vergiß nicht, man schreibt das dritte Jahrtausend in unserem Stück. Mag sein, daß du mit deinem Wucher so unrecht nicht hast. Auch diese neue Seuche wuchert. Sie wird in allen Staaten gemästet. Frißt alle und alles. Wenige können ihr entkommen, entfliehn.
Leopold Baur entkorkt mit den Zähnen die nächste Flasche, erhebt, reckt sich, säuft. Der Wein läuft ihm die Mundwinkel herab.
Wie können wir dieser Seuche anders begegnen als uns vollaufen zu lassen, bis die Leber platzt!
Unruhe entsteht. Wendel springt auf den Tisch.
Ich bin Alessandro, bin aus Rom. Was ich sehe, hab ich nicht gewollt. Kirchtürme werden zu Schloten, Wolken zerfetzen den Himmel, Meere verdampfen, Berge glühn. Mir stürzen Kopf, Herz und Gebein in den Bauch. Hinter-

her stürzen Erde, Sonne, Mond und Sterne. Das Nichts tut entsetzlich weh. Die wuchernde Seuche hat alles Leben vertilgt.
Wendel schwitzt, ein Professor lallt Unverständliches.
Halt ein, schreit Schubart. Das klingt verzweifelt, ist aber ein wenigsagender Monolog. Konkret mußt du den Alessandro reden lassen.
Also gut. Ich sehe rauchende Türme in Alsógalla. Sie speien Feuer, zerfressen Häuser, Menschen, Vieh, Sonnenblumen. Sehe Aalens rote Erde, wie sie geschürft, einverleibt, verkocht wird. Eisen steigt in den Himmel, dort die Geschicke seiner Epoche in die Wolken kratzend, reißend. Bis alles zersetzt ist, zerfressen von immer stärker wuchernden, kreisenden giftigen Sphären, alles Blut, alles Herz, Felder alle und das Firmament. Die letzte, die endgültige Umwälzung, die alles gleich macht, einebnet, auslöscht.
Gotthold würgt, der Doktor kämpft mit dem Schluckauf.
Junger Freund, das klingt - hicks - nach Larifffari. Schauermär. Das Leben dauert doch ewig, das ver - hicks - vergeht nicht. Dem Gotthold Stäudlin will es ob Ihres Geredes gar hochkommen.
Ich wähnte mich schon, so der blasse Dichter Stäudlin, an jenem zeitlosen Fluchtpunkt der Emigranten. Was aber, Wendel, wird dort gespielt?

Geprobt wird ein letzter Befreiungskampf gegen die Seuche. Menschen spielen sich Szenen aus dem fast vergessenen Leben vor. Auch die Gehirne taugen als Heim des Geistes kaum mehr. Versagen droht. Man muß sich alles Wertvolle ständig vergegenwärtigen. Und gar an das Übel muß immer neu erinnert werden, soll es nicht in todbringende Vergessenheit geraten.
Im nächtlichen "Adler" entstehen Szenen und werden wieder verworfen. Die Stammgäste sind längst nur noch unter sich. Schubart hat seinen Stuhl in die Mitte des Lokals gerückt, von dort aus gibt er Anweisungen. Betrachtet, überlegt, korrigiert.
Dann wieder Wendel.
In einer anderen Szene zum Beispiel bist du, Gotthold, ein transsylvanischer Bauer. Dein Dorf vernichtet, du hierher geflohen. Mit einem Schatz. Einem alten Dokument. Lies bitte vor.
Wartet mal, unterbricht Schubart. Da fehlt noch das dramatische Moment. Gotthold, du spielst verrückt. Schreist. Und dann erst kommt Alessandro, drückt dir jene Flugschrift in die Hand.
Schubart dirigiert weiter.
Wendel, dein Einsatz. Du gehst zu ihm hin, legst den Arm um seine Schulter, streichelst, tröstest ihn. Ja, gut so. Dann sprichst du.
Ich rettete einen Schatz. Für dich. Ein altes

Stück Papier. Lies!
Gotthold mit zittrigen Knien. Stammelnd.
Erklärung der Rechte des Menschen.
Liest, murmelt. Allgemeine Glückseligkeit ...
Schubart. Laut! Laut mußt du artikulieren. Laut und deutlich.
Wendel. Zitier jetzt den Artikel zweiundzwanzig.
Alle Menschen haben das Recht, den Staat, in welchem sie geboren sind, zu verlassen und sich ein anderes Vaterland zu wählen.
Wieder Wendel. Siehst du, mein Junge, solche Sätze haben unsere Vorfahren niedergeschrieben. Die Hoffnung auf eine wahrhafte Heimat bleibt letzte Zuversicht.
Der Morgen dämmert. Tabak- und Weindunst füllt den Raum. Einer nach dem anderen geht. Der Wirt stellt die Stühle auf die Tische.
Mein Vandale, glaubst du, mit diesem Stück ist Staat zu machen?
Ich dachte, sagt dieser, zuletzt gründen sie eine geheime Gesellschaft ...
Ach, so Schubart, die Illuminaten. Die legen dann die MIne. Von Bergwerk zu Bergwerk. Durch ganz Europa. Durch die Tiefen des Meeres. Um der ganzen Welt eine neue Gestalt zu geben. Alle Fürsten, alle Ratsherren von ihren Polstern zu treiben.
Vielleicht, flüstert Wendel. Vielleicht Minen, die die Trägheit der Gedanken sprengen. Vielleicht ist auch Artikel 23 entscheidend. Die

Pressefreiheit ist die Stütze der öffentlichen Freiheit.
Danke, mein Schmeichelvandale. Trotzdem, ich verziehe mich jetzt auch. Eine wunderbare Szene kannst du noch einfügen. Zerknirschter Dichter kehrt heim zu seinem Weib. Die hat die ganze Nacht gewacht. Er legt seinen Kopf in ihren Schoß. Erschöpft, verschwitzt, mit den Kräften am Ende. Beichtet ihr alle seine Sünden, beichtet den Untergang seiner Welt. Vielleicht ist's gar kein Dichter, einfach ein Mann, wie du und ich, ein jeder. Und bittet um Vergebung. Und sie erteilt dem Mann die Absolution.
Nein, Schubart, so eine Szene wirkt wie Schmierenkomödie auf der Bühne. In der heimischen Stube könnte sie sich eher, ehrlicher abspielen.
Na dann. Batscht Schubart dem Jungen wohlwollend an die Wange.
Schick mir das Stück, wenn's geworden.
Wird der Zeiten-Wanderer es schreiben?
War Schubart nie in Tatabánya?
Schon draußen, während Wendel noch am Pakken seines Wanderbeutels, kehrt Schubart um, kehrt nochmal ein.
Wenn du noch für mich notieren könntest, diktier ich einen der Artikel für meine Chronik. Der Drucker wartet schon.
Oft hat Schubart für die Chronik im Wirtshaus diktiert. In wilder Runde. Diesmal

sitzen sie zu zweit.
Durch die halboffene Tür dringt kühle, frische Morgenluft. Frühe Sonnenstrahlen. Auf dem Platz rührt sich Leben, der erste Stand wird errichtet. In Körben noch die duftenden Brezeln, Brotlaibe.
Drinnen Schubart, stehend. Rechter Fuß auf dem Stuhl, Ellbogen aufs Knie gestützt. Wendel am Tisch, Papier auf der wuchtigen, dicken Tischplatte, die ein wenig von der einfallenden Sonne beschienen wird.
Schreib!

Dienstags, den 13. Julius 1790

<u>Cagliostro</u>. *Sein Prozeß in Rom ist geendigt, und aus dem tiefen Stillschweigen von ihm vermuten einige mit Recht, man habe ihm heimlich und ohne Geräusch die Tore der Ewigkeit aufgetan. War doch der sonderbarste Mensch, dieser Cagliostro, ein Nichtwisser und doch ein Magus, wie es jemals einen gab.*
Sein Stein der Weisen war der Satz "Benutze die Torheit der Menschen". Sonst konnte er weder das Pulver der Unsterblichkeit noch Gold machen. Er war sicher der unbekannte Monarch einer Loge, und auf den Schlag seines Talismans mußten die Geister der Eingeweihten erscheinen und ihm Gold liefern.
Kein Mensch hat die Welt so bereist wie er und kein Mensch so mannigfaltige Rollen ge-

spielt wie er. Er war Adept, Nekromant, Bankier, Juwelenhändler, Philosoph, Politiker und türkischer Spion. Seine Welt- und Menchenkenntnis war unermeßlich. Er hielt sich an die Weiblein und durch diese durchblitzte er oft die Ritzen der tiefsten Geheimnisse.

Er gestand es in seinem letzten Verhör, daß er ein geborener Jud sei. Und so wird er auch dahinfahren.

Himmel und Erde

Natürlich ist kein blinder Komet schuld. Und die ersten Jahrzehnte nach dem letzten Erscheinen von Halley waren fast erträglich.
Weinen darf ich seit langem nicht. Die Augen könnten ausfließen, warnen die Ärzte. Eine Heilmethode, wie auch bei der wachsenden Zahl anderer seltsamer Erkrankungen, sei nicht in Sicht.
Schier endlos scheint der Treck zu sein. Zumindest kann ich mit meinem geschwächten Augenlicht das Ende nicht erblicken.
Es begann im Frühsommer. Sieben Jahre, nachdem mein Sohn gestorben war. Man sagte uns, daß wir nach Osten ziehen müssen. Dort gebe es große Gebiete, über denen die Himmelsschichten intakt seien. Man hatte ja schon Jahrzehnte vorher viel von "Löchern" im Ozon gelesen. Gewißheit gibt es seit dem Verbot der Nachrichtenmedien nicht mehr. Und wer konnte sie vorher besitzen, die Gewißheit? Wem willst du trauen? Der Politik? Der Wissenschaft? Der Kirche? Der Wirtschaft? Oder deinen Gefühlen, Ahnungen?
Ein langer Zug von Menschen, teils zu Fuß, teils auf Wägen und Karren, die von erbärmlichen Ochsen, von abgemagerten, lahmenden Pferden gezogen werden, bewegt sich im Schrittempo durch menschenleere Landstriche. Die hier einst wohnten, wandern irgendwo vor

uns im Treck, vermute ich. Alles Gerüchte, keinerlei Informationen.

Die Verwendung von Motoren ist strengstens untersagt. Eigentlich ist jede Verbrennung, die nicht für überlebensnotwendig erachtet wird, mit Verbot belegt. Nicht einmal Lagerfeuer dürfen brennen.

Es heißt, weiter südlich erstreckten sich Ländereien, in denen das Wasser seit Jahren nicht mehr trinkbar sei.

Als man uns im Frühsomer sagte, daß wir losmarschieren müßten, weigerte ich mich. Ich wollte das Städtchen, in dem ich die letzten zwei Jahrzehnte verbracht hatte, wollte das Haus, die liebgewonnenen Sträßchen, nicht verlassen. Doch wir wurden gezwungen.

Berittene Aufpasser begleiten unseren Zug. Man treibt uns wie Tiere, nur langsamer, da alle sehr erschöpft sind.

Schon ein oder zwei Jahre vor unserer Vertreibung hörte man erzählen, daß aus unerklärlichen Gründen in unserem Städtchen die Menschen gesünder seien als in den Nachbargebieten. Doch wo hätte man sich informieren sollen? An was konnte man noch glauben? Es durfte ja auch niemand umziehen. Zu uns nicht, nicht von uns weg.

Dann aber waren wir unterwegs. Es ging nicht einfach nach Osten. Wir schienen Umwege zu machen, große Schleifen zu ziehen. Einmal sah ich in der Ferne ungeheure Maschinen. Ich

weiß nicht, wie sie angetrieben wurden. Sie bewegten sich auf gigantischen Rädern fort, die auch die höchsten Bäume niederwalzten. Kahl fielen die Stämme zu Boden. Die Maschinen schleppten pflugscharähnliche Gebilde hinter sich her, die die Erde mit allem, was auf ihr wuchs und stand, metertief umbrachen. Große Bauten wurden zuvor gesprengt, das übrige zermalmten diese Maschinen und kehrten es tief unter den Boden.
Seltsame Begegnung. Es heißt doch, außer der biologischen sei jede Verbrennung untersagt.
Wir ziehen noch immer nach Osten. Ich wollte damals meine Stadt nicht verlassen, weil ich dachte, daß ich in meinem Alter ein Recht darauf habe, in der Heimat zu sterben. Gelegentlich schreibe ich in dieses Notizheft. Wem sonst als mir?
Ich sitze auf einem Wagen. Zum Gehen wäre ich zu schwach. Von den berittenen Aufsehern sagte mir einer, als ich fragte, wohin denn diese Massen von Menschen getrieben würden, ich hätte vollkommen falsche Vorstellungen.
"Massen?" fragte er verwundert.
Er sann eine Weile vor sich hin.
"Massen hat es im Laufe der Geschichte gegeben. Wir karren die letzten Reste zusammen. In der Hoffnung, daß es weitergeht. Niemand kann so geschädigt sein, daß er nicht gebraucht wird."
Ich gestand ihm, denn er nickte verständiger

als die übrigen Aufpasser, wieviel lieber ich in der Heimat geblieben wäre.
Er lachte bitter.
"Heimat? Was soll das sein! Wo soll das sein? Wir beaufsichtigen Aktionen von unbegreifbarer Tragweite. Wenn es nicht gelingt, einen Gen-Pool zustandezubringen, aus dem wieder gesunde menschliche Nachkommen hervorgehen, dürfen wir diesem Planeten auf immer Lebewohl sagen."
Es fiel noch ein Wort, doch ich konnte nichts mehr verstehen, da er, während er noch sprach, seinem Pferd die Sporen gab.
Er hat keine Arme. Seine Waffe trägt er auf den Bauch geschnallt. Ich weiß nicht, wie er sie bedienen will.
Diesen Nachmittag gab es eine kleine Meuterei. In der Ferne, im Tal, tauchte eine Ortschaft auf. Da versuchte eine kleine Gruppe von Frauen und Männern in Richtung des Tales davonzurennen. Die Berittenen jagten hinterher. Daruf entstand Aufruhr, soweit ich den Treck überblicken konnte. Die Berittenen schossen in die flüchtende Menge, bis Ruhe einkehrte. Der mit der Waffe am Bauch schoß auch.
"Wir sollen lieber mit ein paar Dutzend weniger ankommen als mit niemandem", sagte er mir abends.
Ich antwortete nicht. Beachte ihn nicht mehr. Ihn stört es nicht im geringsten.
Wie viele Heimaten!

Wie viele Vertreibungen!
Wie schrecklich!
Die Tage vergehen in endloser Langeweile. Am schlimmsten ist das Jucken. Früher dachte ich, die Hölle an Juckreiz schon kennengelernt zu haben. Es wurde nur unerträglicher. Vom Handrücken, von den Unterarmen habe ich mir die Haut fast abgekratzt. Das Jucken hört nicht auf. An manchen anderen Körperstellen empfinde ich überhaupt nichts mehr.
Manchmal verlor ich mich in der Betrachtung der Verfärbungen. Einige sagen, wenn die Haut grünlich wird, bilde sich dort Chlorophyll. Ich glaube nicht recht daran. Aber vieles ist möglich. Bei mir zeigen sich große gelbe Flekke, auch bläulich-violette. In den Gelenken werden sie rostbraun. Man hört, dort beginne die Oxydation.
Vielleicht gelingt es am Ende, es nicht mehr zu erleiden. Nur noch stundenlang die Farben des Körpers betrachten. Faszinierend finden, was die Natur noch hervorbringen kann.
Schönheit der Agonie?
Wohin ziehen, wohin gehen wir? Wem soll ich glauben?
Einst war dieser Herbstplanet unsere Heimat.
Schon sehe ich vor mir, wie ich langsam Blatt für Blatt zerreiße, mich lächelnd vom Wagen fallen lasse. Man muß selbst einen Schlußpunkt setzen.
Morgen. Morgen vielleicht.

Jetzt, wo der Nebel sich lichtet, wirkt die Natur in der milden Sonne wie Feuer. Hier gibt es wieder vereinzelt Bäume. Seit kurzem durchqueren wir eine Gegend, die mir von Mal zu Mal bekannter vorkam.
Ja, wir sind tatsächlich bei der schönsten Stadt der Welt angelangt. Ich erkannte sie schon aus der Ferne. Sechzig Jahre ist es her. Mein Geburtsort. Die vertrauten Türme. Weinen darf ich nicht. Ich hatte keine Hoffnungen. Jetzt habe ich welche. Ich werde sehend sterben.
Doch ich sehe alles nur von weitem. Der Treck wird wie stets an Ortschaften in großem Bogen vorbeigeführt.
Wie vieles habe ich von unsrer Welt noch immer nicht begriffen. In meiner Kindheit hatte ich Wünsche, unendliche, hochtrabende Träume, riesige Sehnsüchte. Ich hoffte, lange hoffte ich, daß ein Menschenleben reichen werde, etwas von seinem Sinn zu begreifen.
Wir lagern noch in Sichtweite meiner Stadt. Seit Jahrzehnten habe ich sie nicht gesehen. Ich könnte losrennen, wenn ich rennen könnte! Und bekäme eine Kugel in den Rücken.
Jetzt verstehe ich die Wahnsinnigen, die versucht haben, um ihr Leben zu rennen. Sie sind wie ich plötzlich ihrer Kindheit begegnet.
Weit sind sie ja leider nie gekommen. Und wer

Noch sehe ich die Kuppel. Sie gehört zu der Basilika, in der sie mich getauft haben. Wie zum Greifen prall, wie nah! Dann, vor Sonnenuntergang, entdecke ich weitere violette Verfärbungen an mir, an den Leisten sich ausbreitend.

Ein kleiner Bach fließt am Lager vorbei. Niemand wagt sich hinein. Als Kind habe ich oft darin gebadet, manchen Fisch gefangen. Mit der Hand, mit der ich dies schreibe, die keine Haut mehr hat. Im flachen bewegten Wasser und im stehenden stiller Seitenarme. Trotz der Blutegel, die nicht abschrecken konnten. Kleine Fische fürs große Marmeladenglas. Mein erstes Aquarium.

Ich sitze. Betrachte vom Ufer des Baches aus die ferne, vom Dunst verhüllte Stadt. *Dahinter der Berg, der wie der krumme Rücken eines schläfrigen Elefanten sich erhebt.*

Zwischen den Fingern zerbrösele ich die Ähren wilder Gräser. Aus meiner Hand zerfliegen die Samen im Wind.

Wie viele kleine Heimaten!

Wie viele Vertreibungen!

Wie großartig!

Morgen schon ziehen wir weiter.

Ich werde auf dem Ochsenkarren sitzen. *Ich frage nicht, was ich werde. Ich werde sein.* Irgendwo wird es ein Fleckchen geben, wo Himmel und Erde, Luft und Wasser Luft und Wasser, Himmel und Erde geblieben sind.

Nachwort

Lenau und Cagliostro, das ungarische Eger und Ostafrikas Rufiji-Strom, Isgazhofen, "Dornrösia" und Utete - wer die biografischen Fakten und literarischen Namen, die Imre Török und sein Werk umschreiben, zueinander in Bezug setzt, erzeugt einen irisierenden Lichtbogen zwischen dem Kleinen, Nahen, Versteckten, märchenhaft Vertrauten und dem Großen, Fernen, als Traum und Vision ins Weite Verrückten. Ein Zug von Gestalten, deren Geist er um sich spürt, die lebendig aus ihm und mit ihm sprechen, Hölderlin, Schubart, Lenau, Hesse, Bloch und Büchner, wir sehen sie, von diesem Zauberbogen beleuchtet, seine Texte in Spannung versetzen. Nicht als zeitenthobene Gerettete begegnen sie ihm und uns, sie sprechen aus diesem Werk als Zeugen aller bedrohten Menschenhaut, mit verwundert-naher, verwundeter Stimme.

Und doch ein Lichtbogen auch, der vor unseren Augen zu schwingen beginnt, sich zur Brücke verdichtet, auf der die Welt zu tanzen anhebt, aus kleinstem Funken hinauf bis ins große All. "Jetzt kamen Bilder auf von entstehenden Spiralen, von unendlich fernen, vielen Galaxien, Sonnen, Planeten, Monden", heißt es in "Traumfrequenzen". Es ist eine zugleich schöne und schreckliche Welt "von vielerlei Dimension", aus der "wie Inseln der Seligen" ein kleiner blauer Planet auftauchen könnte, würde die "vom Urknall träumende Singularität" nicht wachgeschreckt von dem, was sie auf diesem fernen Ort zu sehen bekommt. "Menschen stehen darauf, rundherum, winzige Igelstacheln ... Und sie lachen, bös. Rasseln mit orientalischen Säbeln, böllern mit okzidentalischen Raketen. Kleine Menschen bringen sich gegenseitig wollüstig um..." Spielerisch hält uns der Dichter sein Zauberperspektiv vors Auge, dreht es herum und schüttelt, bis unser Kinderstaunen kaleidoskopisch zerbricht, ein SchriftEntsteller, der die Züge in unserem Alltagsgesicht mit freundlichem Fleiß zum Entgleisen bringt.

"Hinter der Gardine sah es die Nachbarin. Ha, schau doch, sprach sie zu ihrem Mann, der Dichter räumt den Schnee. Dabei ist er gar nicht dran."

Doch, er ist immer dran. Seine dünne Haut reagiert, wo das saubere Weiß papierener Ordnung Gesichter und Wege verschneit, ob in Schwaben, ob am Rufiji. Er läßt sich "ranziehn für alle, daß er Kehrwoche macht, die Mülltonnen rausstellt", wenn es auch Sisyphusarbeit ist. "Schnee fiel weiter, schon lag er wieder dünn auf gerade befreiten Wegen."

Immer lebt er "vor dem weißen, sehr weißen Papier", überträgt die Kältebefunde der Haut in die weite Landkarte seines Herzens. Das Nahe muß ihm so zum Fernen werden, und das

Ferne "hinter der großen Scheibe" ist brennend nahegerückt, "Rauch und Flammenmeer". "Zeit - was ist das", entfährt ihm die Frage, und er sieht durchs "gehärtete Glas", wie "die Siedlung am Hang rutscht", da der Ort des Menschen auch am Rufiji nicht Bleiben verspricht.
"Zu Hause - wo ist das?" Und das Quietschen der Fähre wirft ihm die Antwort zu. "An diesem Ufer...nicht."
Wo aber kann der Suchende ankommen? Läßt er "den Blick langsam von Osten nach Westen gleiten", erblickt er Aufgang und Untergang. Sobald sein Blick das Ganze umfaßt, enthüllt die Welt sich ihm, "das Kleine und das Große Egal", im Bild der "Fahrt".
Alle Märchen der Wahrheitssuche schrumpfen dem Fahrenden in der Erinnerung zu dem einen, dessen Inhalt sich im Titel erschöpft: "Ein ungeschrieben Gesetz". Der Blick, der Horizonte zusammenzwingt, wird blind, doch im Dämmerflug des Erblindens zitiert sich das Leben als letzter wärmender "Feuertanz". Dem kranken Friedrich in "WandLungen" erscheint es als "rundes Bild". "Und er wußte, die Blaue Brücke wird blau, die stachligen Kastanienkapseln wie tausend kleine Sonnen. Und er wie ein Heiliger, wie Tarrou. Oder Camus."
"Luzius" aber, der nach Kakerlakien verschlagene Leuchtkäfer, gerät unter Legitimationsdruck. "Lügenluzi nannten sie ihn fortan... Auch war sein Körper von ranzigem Küchen-

fett überzogen, darunter die Leuchtorgane nur schwach hervorglommen."
"Wozu Dichter in dürftiger Zeit". Hölderlin im Turm. Lenau in der Nervenheilanstalt Oberdöbling/Wien. Und Schubart auf dem Hohenasperg. "Man wird die Menschen auf den Straßen wie Vieh abschlachten. Man wird die geschundenen, malträtierten Leiber, die Leichen sehen. Nackt. Die Füße mit Stacheldraht zusammengezurrt." Der Lichtbogen droht in den "LenauProjektionen" zum Feuerzeichen der kommenden Weltnacht zu werden. So tönt keine "Geige aus Rosenholz". Doch "auch der Schmerz, der auf Erden klagt, ist wichtig, hat Entdeckerfunktionen...", setzt der Autor in seinem brieflichen Selbstkommentar die Gewichte zurecht.
Wieder einmal dreht er das Zauberperspektiv um, zeigt, wie die Krukse sich nach "Dornrösia" abschalten, wo alle irdische Crux auf Weltminuten im Dämmer versinkt.
"Lügenluzi!" schallt's von Kakerlakien herauf. Noch reibt man die Augen, blinzelt ins Blau, hat, blauäugig geworden, die Mahnung im Ohr, für die Weckzeit selbst verantwortlich zu sein. Traum- und Weltfahrten sind es, die der Autor veranstaltet, und er spielt uns eine kleine, heiter ernste Philosophie der "Fahrt" in die Hand, die uns Mut machen will im Kollisionsgetöse der großen Fahrplanstrategen. Haben sie sich nicht längst als blutige "Schaumschlä-

ger" entlarvt?
"Gewiß, gewiß!" Erneut schallt's von Kakerlakien her. Ist dies nicht Schubarts Stichwort? Tritt nun Wendel zu ihm in die Stube, der auf den blauäugigen Namen Ohnesorg hört? "Wendel sah so harmlos aus. Ein Wanderpoet auf der Suche...Man spürt, der war von einer anderen Welt. Nur daß er es nicht zugeben will, dachte Schubart."
Hat der Autor hier sich selbst inszeniert? Viele Bezüge scheinen liebevoll ausgeführt. Oder vielleicht: Lügenluzi aus Alsogalla? Wie er gegen Schubarts leidgeprüfte Trinkerstirn taumelt?
Nein, so einfach gehen die Gleichungen nur in Kakerlakien auf. Der Harmlose aus Ungarland, ist er nicht in Cagliostros Schule gegangen? Von dem Schubart noch weiß: "Wer von solch magischem Schleier umhüllt ist, der hat den Stein des Weisen und Salomos Ring". Von dem Wendel selber sagt: "Cagliostro kann man nicht kennen. Man mag ihn anerkennen oder verdammen. Vielleicht auch beides zu gleicher Zeit".
Etwa doch: Der SchriftEntsteller vor dem weißen, sehr weißen Papier der Identität? Cagliostro, am Ende des Traumes, hilflos zwischen die Zeiten gefallen? Der Weltenfahrer im kalten Schatten der dünner werdenden Kontinente?
Sicher aber noch immer zwischen "Himmel und

Erde". Auch wenn "nach dem letzten Erscheinen von Halley" der lange Zug des Menschen ins Ungewisse zielt. Der Dichter ist "noch immer dran", er schreibt und hält fest. Selbst wenn die Hand, mit er dies tut, vielleicht "keine Haut mehr hat". Und er hat Worte im Gepäck, die andere vor ihm geschrieben haben.

Über den Autor

Imre Török, geb. 1949 in Eger (Ungarn), kam 1963 nach Deutschland. Studium der Philosophie (u.a: bei Ernst Bloch), Geschichte und Germanistik in Tübingen. Arbeitete als Drucker, Dozent, Leiter eines städtischen Kleintheaters und vieles mehr. Nach 1984 freiberuflich als Schriftsteller, Journalist und KulturArbeiter tätig. Wohnt in Isgazhofen.
Bücher:
Butterseelen - Mit Hölderlin und Hermann Hesse in Tübingen. Roman, 1980
Blitze über einem Berg. Kurzprosa/Lyrik, 1985
Notizen. Kurzgeschichten, 1989
Literarische Beiträge in Printmedien und Funk.
Seit 1978 im VS (IG Medien), über mehrere Jahre im Bundesvorstand des Schriftstellerverbands.

EDITION EISVOGEL IM ALKYON VERLAG

In König Hanichs Reich. Die abenteuerliche Geschichte von Kleinhans. Märchenroman von Gerhard Staub.
144 S., 10 Ill., DM 14,80. ISBN 3-926541-00-8

Die Stadt und die Schreie. Roman in 22 Erzählungen von Eduardo Lombron del Valle.
120 S., 9 Abb., DM 14,80 ISBN 3-926541-01-6

Leonardo da Vinci. Prophezeiungen, Ital.-Deutsch,
108 S., 2 Abb., DM 14,80. ISBN 3-926541-02-4

Der verlorene Apfelbaum. Eine Pfarrhauskindheit in der Mark, von Jutta Natalie Harder.
168 S., 2 Ill., DM 16,80. ISBN 3-926541-03-2

Unter der Platane von Gortyna. Kretische Prosa und Lyrik von Zacharias G. Mathioudakis.
96 S., 4 Ill., DM 14,80. ISBN 3-926541-05-9

Christa Hagmeyer. Bewohner des Schattens. Prosa.
96 S., 8 Ill., DM 14,80. ISBN 3-926541-06-7

Wie man eine Giraffe wird. Gedichte
von Wjatscheslaw Kuprijanow. Russisch-Deutsch
144 S., 9 Ill., DM 18,80. ISBN 3-926541-07-5

Anne Birk, Der Ministerpräsident. Bernies Bergung
168 S., 5 Ill., DM 18,80 ISBN 3-926541-09-1

Kay Borowsky, Der Treffpunkt aller Vögel. Ged.
96 S., 6 Abb., DM 15,80. ISBN 3-926541-10-5

Margarete Hannsmann, Wo der Strand am Himmel endet. Griechisches Echo. Ged. neugriech.-deutsch
144 S., 10 Abb., DM 19,80. ISBN 3-926541-11-3

L. Ochsenfahrt, Ohne nennenswerten Applaus. Prosa.
96 S., 5 Abb., DM 15,80. ISBN 3-926541-12-1

Kleine ALKYON Reihe

Magnus Gernoth, Die Bitterkeit beim Lachen meiner Seele. Gedichte.
80 S., 4 Abb., DM 12,80. ISBN 3-926541-13-X

Michail Krausnick, Stichworte. Satiren, Lieder und Gedichte.
81 S., 5 Abb., DM 12,80. ISBN 3-926541-14-8

Imre Török, Cagliostro räumt Schnee am Rufiji. Geschichten.
140 S., 1 Abb., DM 14,80 ISBN 3-926541-16-4

Dimitris Kosmidis, Der Muschel zugeflüstert. Ged.
80 S., 6 Abb., DM 12,80. ISBN 3-926541-18-0

Bruno Essig, Ruhige Minute mit Vogel. Gedichte.
80 S., 5 Abb., DM 12,80. ISBN 3-926541-19-9

Anne Birk, Das nächste Mal bringe ich Rosen oder Warum Descartes sich weigert, seine Mutter zu baden. Erzählung
130 S., 3 Abb., DM 14,80 ISBN 3-926541-20-2

Außerdem erschienen im ALKYON PROGRAMM:

Eberh. Marheinike, Das Backnanger Hutzelmännchen *nebst der wahren und unblutigen Historie von der "Argen Sau".*
120 S., 5 Ill., DM 16,00 ISBN 3-926541-04-0

Gerold Tietz, Satiralien. Berichte aus Beerdita
96 S., DM 16,80. ISBN 3-926541-08-3

Birk / Heiderich / Kress-Fricke / Zingsem (Hrg.): Beifall für Lilith. Autorinnen über Gewalt.
Beitr. v. E. Alexander, L. Betke, R. Bronikowski, E. Erb, T. Stroheker, Ch. Ueckert, E. Vargas u.v.a.
185 S., 1 Abb., DM 16,80. ISBN 3-926541-17-2

Als Weltneuerscheinung in deutscher Sprache:
Der unter Breschnew entstandene, in der SU noch immer unveröffentlichte russische Roman von
Wjatscheslaw Kuprijanow
Das feuchte Manuskript Aufzeichnungen aus dem Inneren des Areals
144 S., 5 Ill., geb., DM 26,00. ISBN 3-926541-15-6

ALKYON-Vertrieb: Buchverlag Thomas Walter
Am Zuckerberg 36, 7140 Ludwigsburg, 07141/55025